一擲賭
일척도 건곤 乾坤

임영기 新무협 판타지 소설

FANTASTIC ORIENTAL HEROES

일척도건곤 5
임영기 新무협 판타지 소설

초판 1쇄 찍은 날 § 2008년 3월 24일
초판 1쇄 펴낸 날 § 2008년 3월 31일

지은이 § 임영기
펴낸이 § 서경석

편집장 § 문혜영
편집책임 § 김대식

펴낸곳 § 도서출판 청어람
등록번호 § 제1081-1-89호
등록일자 § 1999. 5. 31
어람번호 § 제2-1453호

주소 § 경기도 부천시 원미구 심곡1동 350-1 남성B/D 3F (우) 420-011
전화 § 032-656-4452 팩스 § 032-656-4453
http://www.chungeoram.com
E-mail § eoram99@chollian.net

ⓒ 임영기, 2007

ISBN 978-89-251-1247-3 04810
ISBN 978-89-251-1065-3 (세트)

※ 파본은 구입하신 서점에서 교환하여 드립니다.
※ 저자와 협의하여 인지를 붙이지 않습니다.
※ 이 책은 도서출판 청어람과 저작자의 계약에 의해 출판된 것이므로,
무단 전재 및 유포·공유를 금합니다.

一擲賭乾坤
일척도건곤

임영기 新무협 판타지 소설
FANTASTIC ORIENTAL HEROES

⑤
참마검객(斬魔劍客)

目次

第四十六章	홍예신공(虹霓神功)	7
第四十七章	일그러진 얼굴	29
第四十八章	고수출현(高手出現)	55
第四十九章	혁련상예	89
第五十章	마풍사로군	119
第五十一章	기억을 되찾다	145
第五十二章	무황성(武皇城)	167
第五十三章	참마검객(斬魔劍客)	201
第五十四章	봉황삼절군(鳳凰三絶軍)	227
第五十五章	아버지!	251
第五十六章	납치(拉致)	273

第四十六章
홍예신공(虹霓神功)

一擲賭者
乾坤

 호선이 술호로병을 정천기에게 내밀면서 기울였다.
 잔을 들고 술을 받으라는 뜻이다.
 정천기의 목젖이 쉴 새 없이 오르내렸다. 그는 술호로병의 주둥이를 쳐다보았다.
 방금까지만 해도 옥선후가 입을 대고 병나발을 불던 술호로병이었다.
 그것을 내밀면서 한잔 따르겠다는 것이다.
 이것을 도대체 어떻게 해석해야 할지 정천기는 머리가 터져 버릴 지경이었다.

"내가 죽일까 봐 그러는 것이냐?"

정천기가 잔을 내밀지 않자 호선이 조용히 입을 열었다.

"내 친구의 말에 의하면, 술 마실 때 싸우는 자들은 오랑캐뿐이라고 하더군. 나도, 너도 오랑캐가 아니잖아."

이것은 파격의 연속이었다.

원래 정천기가 알고 있던 봉황옥선후의 선입견을 품고서는 도저히 배겨낼 수 없는 상황이었다.

정천기의 외모는 오십대 중반으로 보이지만 실제 나이는 칠십이 세다. 공력이 높아서 젊게 보이는 것이다.

그는 산전수전 두루 겪은 강호의 노객(老客)이며, 자타가 인정하는 명숙(名宿)이다.

상대가 절대자이긴 하지만, 상황이 이쯤 되면 용기를 내볼 만도 하다고 정천기는 생각했다.

이윽고 정천기는 조심스럽게 잔을 내밀었다. 자신도 모르는 사이에 두 손으로 잔을 잡고 공손히 팔을 뻗고 있었다. 아니, 의식하고 있더라도 그리했을 터이다.

쪼르르…….

잔에 누런 액체가 넘치도록 찰랑찰랑 부어졌다.

호선은 술을 따르고는 고개를 젖히고 다시 술호로병째 나발을 불었다.

아주 잠깐, 지금 이 순간에 옥선후를 암습할까, 라는 생각이 정천기의 뇌리를 스쳤다.

인간의 능력으로는 느닷없이 불쑥 떠오르는 생각까지 다스릴 수는 없는 일이다.

그러나 그 생각은 떠오를 때보다 더 빨리 사라져 버렸다. 암습의 성공 여부를 떠나서, 술 마실 때 싸우는 무리는 오랑캐뿐이라는 옥선후 친구의 말이 떠올랐던 것이다. 이상한 변명이었지만, 정천기는 오랑캐가 되기는 싫었다.

술잔을 코앞으로 가져오니 독한 냄새가 코를 찔렀다. 이것은 주향(酒香)이라고도 할 수 없는 역한 냄새였다. 애주가는 주향으로 반을 마시고 술맛으로 반을 마신다고 했는데, 이 술은 주향으로 마시기는 애당초 글렀다.

입에 대고 한 모금 살짝 삼켜보았다. 그랬더니 이내 뱃속으로 찌르르한 강렬한 느낌이 전해졌다.

"무슨 술이오?"

원래 정천기는 유명한 애주가라서 천하에 마셔보지 못한 술이 없을 정도인데도 이 술에 대해서는 아무것도 아는 것이 없었다.

호선의 연이은 파행 덕분에 약간의 용기가 생긴 정천기가 조심스럽게 물었다.

"황주야. 맛있어."

호선이 입맛을 다시면서 싱긋 미소를 짓자, 정천기는 또다시 머리를 한 대 얻어맞은 것 같은 표정을 지었다.

황주라다.

정천기가 알고 있는 상식대로라면 황주는 천하에서 가장 싸고, 가장 독한 독주였다. 그리고 그는 평생 황주를 한 번도 마셔본 적이 없었다.

명가에서 태어나 최고로 키워진 그가 황주 따위를 마셔봤을 리가 없다.

그런데 옥선후는 그런 황주가 맛있다고 한다. 그저 말로만 그러는 것이 아니었다.

그녀의 얼굴에는 명주와 명차를 마시면서 음미하는 사람들과 동일한 표정이 잔잔하게 떠올라 있지 않은가.

정천기는 눈을 껌뻑거리며 옥선후를 쳐다보았다. 자신의 앞에 앉아 있는 소녀가 정말 봉황궁주인 그 옥선후가 맞는지 확인하려는 것이었다.

그때 호선이 점소이에게 자신의 옆 탁자에 술과 안주를 가져오라고 주문한 후 무궁신개들에게 고개를 끄덕였다.

"너희는 그쪽에서 마셔. 내 친구가 그러는데, 남이 술 마시는 모습을 쳐다보는 것만큼 처량한 것도 없다더군."

정천기의 기억이 틀림없다면 옥선후는 벌써 '친구가 그러는데', 즉 '친구 가라사대'를 세 번째 하고 있었다.

그래서 정천기는 그녀가 말하는 친구가 누군지 몹시 궁금해졌다.

딱딱한 본론으로 들어가기 전에 분위기를 조금쯤 완화시키는 차원에서 그는 그 친구에 대해서 물었다.

"실례지만 궁주의 친구라는 분은 누구시오?"
"호리."
역시 호선의 대답은 간단했고 짧았다.
호선의 예기치 못한 대답에 정천기는 적잖이 놀랐다. 그는 호리에 대해서 잘 알고 있다.
그를 직접 본 적은 없지만 지난 백여 일 동안 호리궁을 추적하면서 호리에 대한 수많은 말을 들었었고, 수없이 생각하고 입에 올렸던 이름이다.
옥선후가 서슴없이 호리라는 사기꾼을 친구라고 말하다니, 이것 역시 선뜻 믿어지지 않는 말이었다.
무궁신개와 두 명의 개방 장로는 옆 탁자에 엉거주춤 엉덩이를 걸치고 있기는 하지만, 술을 마실 생각은 아예 엄두도 내지 못하고 있었다.
정천기는 조금 더 용기를 내보기로 했다.
"호리라는 사람은 어떤 사람이오?"
"멋있어. 훌륭한 사내야. 살아생전에 그런 사내를 만날 수 있다는 것은 행운 중에 행운이지."
그때 정천기는 발견했다. 호리에 대해서 말하고 있는 옥선후의 두 눈이 보석처럼 반짝이면서 얼굴 가득 파릇파릇 생기가 넘치고 있는 것을.
'설마……'
정천기는 옥선후가 호리라는 사기꾼을 사랑하고 있는 것

이 아닌가, 하고 잠깐 생각했다가 이내 부인했다. 말도 되지 않는 생각이었다.

황하가 거꾸로 흐르고 동서남북이 바뀔지언정, 옥선후가 그런 사기꾼을 사랑하는 일 따윈 없을 것이다.

"정천기라고 했느냐?"

그때 호선이 술호로병을 내려놓으며 조용히 입을 열었다.

그녀의 행동도, 목소리도, 표정도 변함이 없었는데 왠지 정천기는 바짝 긴장했다.

"그렇소."

"나는 백 일쯤 전에 항주성에서 너를 본 적이 있다."

"……"

그 순간 눈에 보이지 않는 번개가 좌중을 휩쓸었으며, 고막을 울리지 않는 뇌성벽력이 정천기와 무궁신개 등의 심장을 강타했다.

산전수전 다 겪은 정천기지만, 이 순간의 엄청난 충격 때문에 몸이 뻣뻣하게 굳고 온몸의 피가 살갗을 뚫고 터져 나올 것처럼 팽팽해지는 것을 어쩌지 못했다.

그녀가 나를 봤을까, 못 봤을까. 아니, 봤더라도 상관이 없다. 라고 조금 전까지 생각했던 정천기다.

그런데 옥선후가 그를 봤다고 똑바로 지목을 하자 그 충격은 상상했던 것 이상이었다.

문득 정천기는 옥선후가 지금 당장 자신을 죽일 수도 있다는 생각을 했다.

 그 순간 그는 재빨리 온몸의 공력을 극한으로 끌어올려 암습에 대비했다.

 "술 마시다가 싸우기 싫다는 내 말, 농담이 아냐."

 그때 호선이 조용히 중얼거리고는 술호로병의 주둥이를 입에 댔다.

 정천기가 공력을 끌어올리는 것을 간파하고서 일침을 가한 것이다.

 들킨 정천기는 얼굴이 화끈거렸다. 그리고는 슬며시 그녀를 쳐다보다가 실소를 흘렸다.

 옥선후가 무엇 때문에 변했는지는 모르겠지만, 그녀의 말은 믿을 만한 것 같았다.

 지금 그녀는 완전히 허점투성이였다. 술호로병 주둥이를 입에 대고 고개까지 뒤로 젖히고 있지 않은가.

 오히려 정천기가 암습을 가해도 꼼짝없이 당하고 말 것 같은 상황이었다.

 '옥선후가 변했다고 해도 옥선후임에는 분명하다. 그녀는 도도하고 냉혹할지언정 교활하지는 않다.'

 정천기는 옥선후가 꼼수라도 쓸까 봐 지나치게 긴장하고 있는 자신 때문에 또다시 실소가 나왔다.

 그렇지만 백여 일 전에 항주성 다루에서 옥선후를 암살할 때 정천기 자신이 그 자리에 있었다는 것을 그녀가 알고 있다는 사실이 충격적이라는 것에는 변함이 없었다.

"너희가 왜 나를 암살하려고 했는지 알고 있다."

호선은 점소이에게 황주를 한 병 더 가져오게 해서 한 모금을 마신 후 다시 입을 열었다.

정천기는 극도로 긴장하여 꼼짝도 하지 않은 채 호선의 다음 말을 기다렸다.

호선은 아직 기억을 되찾지 못한 상태지만 기억을 잃은 후에 일어났던 사실들은 생생하게 기억하고 있다.

지난번에 선황파의 장로라는 천현 진인을 만나서 그에게 들었던 사실들을 토대로 여러 가지 상황들을 유추하는 것은 그리 어려운 일이 아니다.

그때 천현 진인은 옥선후가 항주성에서 암습을 당했다는 것과 중상을 입었다는 사실을 누군가 자신에게 알려주었다고 말했다.

하지만 그 '누군가' 가 누군지는 말하지 않았다.

그래서 천현 진인은 자신의 제자이며 선황파의 문주인 백검룡을 위한 결단을 내려야만 했었다.

즉, 중상을 당한 옥선후를 죽여서 천하 무림이 도탄에 빠지는 것을 방지하고, 또 백검룡이 그녀와 함께 천하를 도모하려는 것을 미연에 차단하자는 의도였다.

그런데 옥선후와 직접 대면하여 그녀의 약속을 받아낸 후에 스스로 물러갔던 것이다.

호선은 어젯밤에 또 다른 추적자가 자신을 쫓고 있다는 사실을 알게 된 직후 하나의 사실을 깨달았다.

천현 진인에게 옥선후의 암살과 중상 사실을 알려준 자가 바로 지금 추적하고 있는 무리의 지휘자이며, 암살의 배후일 것이라는 추측이었다.

호선은 조금 전에 정천기가 들어서는 것을 보는 순간, 그가 암살의 배후이며 암살 사실을 천현 진인에게 알려주었을 것이라고 거의 확신했다.

물론 그녀는 정천기를 추호도 기억하지 못한다. 기억을 잃기 전의 그녀는 정천기를 알고 있었을 것이다. 또한 항주성에서 그녀를 암살했을 때 정천기를 봤을 수도 있지만, 그 역시 기억하지 못한다.

방금 전에 호선이 정천기에게 '항주성에서 너를 봤다'라고 말한 것은 순전히 짐작이었고, 넘겨짚은 것이었다.

그 결과 호선은 술을 마시는 척 태연하게 행동하면서 정천기가 움찔 놀라는 것을 놓치지 않았고, 그래서 자신의 짐작이 맞았다는 것을 최종 확인했다.

그러나 그런 것은 그다지 중요한 일이 아니다. 지금 호선에게 가장 중요한 것은, 오직 호리와 함께 평화롭게 생활하는 것뿐이었다.

정천기는 아무 말도 하지 못하고 있었다.

호선은 술 마시는 것을 잠시 중단하고 진지한 표정으로 다음 말을 꺼냈다.

"천현 진인이 왜 순순히 물러났는지 아느냐?"

정천기는 사실 그것이 못내 궁금했었다. 그의 목적은 옥선후를 완전히 제거하는 것. 즉, 죽이는 것이다.

최초에 옥선후 암살을 검황루와 함께 공모했던 무황성은 암살이 실패로 돌아가자 그 즉시 손을 떼고 물러났지만, 정천기는 그러지 않았다.

그의 암살 계획은 여전히 진행 중인 상태였다. 아직 끝나지 않은 것이다.

정천기가 옥선후의 암살 사건과 그녀가 중상을 입고 도주 중이라는 사실을 선황과 천현 진인에게 알린 이유는 그의 도움을 받아 옥선후를 죽이려는 의도에서였다.

그래서 천현 진인이 옥선후 추적에 나섰을 때, 정천기는 속으로 쾌재를 불렀었다.

그랬는데, 어찌 된 일인지 천현 진인이 갑자기 중도에서 아무런 연락도 없이 추적을 포기해 버렸으며, 확인한 결과 선황파로 돌아갔다는 것이었다.

"내가 천현 진인에게 한 가지 약속을 해주었기 때문이지."

호선은 언제부터인가 술호로병을 만지작거릴 뿐 술을 마시지 않았다.

정천기는 섣불리 토를 달거나 묻지 않고 옥선후의 다음 말을 기다렸다.

"나는 그 약속을 너에게도 똑같이 하려고 한다."

"하시오."

정천기는 극도로 긴장해서 입술이 바짝 말랐다.

이제 천현 진인이 왜 추적을 그만두고 물러났는지 알게 될 것이고, 그 상황이 정천기 자신에게도 그대로 재현될 것이기 때문이다.

무궁신개와 두 명의 개방 장로도 극도로 긴장하여 조심스레 호선을 주시하고 있었다.

"나는 무림제패를 하지 않겠다. 또한 마랑군과는 어떤 이유로도 손을 잡지 않겠다."

좌중에 질식할 것 같은 고요한 적막이 흘렀다. 숨 쉬는 소리도 들리지 않았으며, 손가락을 움직이거나 눈을 깜빡이는 사람조차 없었다.

정천기는 자신도 모르는 사이에 입을 반쯤 벌리고 있었다.

바로 이것이었다.

그래서 천하 무림의 평화를 진심으로 원하는 천현 진인이 순순히 물러났던 것이다.

아니, 어쩌면 옥선후는 그에게 한 가지 약속을 더 했을지도 모른다. 선황과 문주 백검룡을 건드리지 않겠다는.

당금 천하에서 봉황궁주 봉황옥선후의 약속을 믿지 못하는 사람은 한 명도 없을 것이다.

그만큼 그녀의 한마디는 무림에서 지대한 의미와 힘을 지니고 있었다.

　호선의 말은, 정천기로서는 짐작조차 하지 못했던 가히 벼락같은 선언이자 약속이었다.

　검황루와 무황성이 위기감을 느끼고 마랑군과 옥선후를 암살하려고 했던 것은 그 두 지존이 손을 잡고 무림제패를 공언했기 때문이었다.

　옥선후의 약속이 사실이라면 검황루는 더 이상 그녀를 죽이려고 전력할 이유가 없으며, 명분도 사라지는 것이다.

　주루 내의 정적이 길어지고 있었다. 옥선후가 제안을 했으니, 이제는 정천기가 대답을 할 차례다.

　모두들 정적 속에서 정천기의 말을 기다리고 있었다. 정천기 자신도 자신의 말을 기다렸다.

　"실례지만 왜 갑자기 야망을 포기하게 됐는지 이유를 말씀해 주실 수 있겠소?"

　정말이지 그것이 궁금했다. 피도 눈물도 없는, 오직 쟁패와 군림만이 숨을 쉬는 목적이고 이유라고 천명했던 봉황옥선후가 어째서 갑자기 모든 것을 버리려는 것인지 그 이유를 알고 싶었다.

　"호리 때문이야."

　역시 호선의 대답은 간명했다. 게다가 또 사기꾼인 호리를 들먹인다.

　"그가… 어떻게 했소?"

어찌 들으면 바보 같은 질문일 수도 있다.
"여자가 가장 아름다울 때가 언제인지 아느냐?"
호선은 동문서답을 했다.
"언제요?"
"호호홋! 호리 말에 의하면 여자가 사랑하는 사내를 위해서 요리를 하고, 또 그가 입을 옷을 만드느라 바느질을 할 때라는 거야!"
"……."
갑자기 정천기의 머릿속이 흙탕물을 휘저은 것처럼, 실타래를 마구 엉켜놓은 것처럼 엉망진창이 됐다.
옥선후가 무림제패라는 지상 과제를 포기하려는 것이, 여자가 사랑하는 사내를 위해서 요리를 하고 바느질을 하는 것과 대체 무슨 상관이 있다는 말인가.
그러나 남녀의 오묘하고 불가사의한 관계에 대해서 잘 알고 있는 무궁신개는 옥선후의 말뜻을 즉시 알아차렸다.
그가 쳐다보자 정천기는 여전히 복잡한 표정으로 끙끙 앓고 있었다.
무궁신개는 지금 한 번쯤은 자신이 나서도 될 것 같다고 조심스레 판단했다.
그는 조심스럽게 일어나서 최대한 공경한 표정과 어조로 옥선후에게 물었다.
"저… 하오시면, 옥선후께선 사랑하는 사내를 위해서 요리를 하고 바느질을 하시려고 무림제패의 야망을 포기하신다는 말씀이십니까?"

정천기는 깜짝 놀라서 무궁신개를 쳐다보며 눈을 부라렸다. 무슨 그따위 질문이 있느냐는 표정이었다.

"그래, 맞다. 너는 꼬락서니는 더러운데 머리는 좋구나."

호선이 환하게 웃으며 대답했다.

무궁신개는 어떠냐는 듯이 정천기를 힐끗 쳐다보았다.

정천기는 방금 전보다 입을 더 크게 벌리고 눈을 휘둥그렇게 뜬 채 경악하고 있었다.

무궁신개는 내친김에 고개를 조아리면서 옥선후에게 재차 물었다.

"하오시면… 옥선후께서 사랑하시는 사내가 그… 호리라는 분입니까?"

"맞아! 호호홋! 너는 정말 똑똑하구나!"

호선은 손바닥으로 탁자를 두드리며 명랑하게 웃었다.

무궁신개는 다시 한 번 정천기를 쳐다보았다.

그렇지만 정천기는 아직도 정신을 차리지 못하는 것 같았다. 그저 눈으로 보고 귀로 듣는 일차적인 것에 대한 반응만을 보이고 있을 뿐, 머리는 아무것도 생각하고 판단하지 못하는 상태였다.

"어쨌든, 나는 무림제패나 마랑군 따윈 눈곱만큼도 흥미가 없으니까 앞으로 너희는 더 이상 나를 귀찮게 하지 말고, 호리궁을 추적하는 일도 그만두어야 할 거야."

호선은 결론을 내리듯 또박또박 말하고는 만족한 미소를 지으면서 술호로병의 주둥이를 입에 댔다.

술을 마시던 그녀가 동작을 멈추고 술호로병을 거꾸로 뒤집자 술 몇 방울이 똑똑 떨어졌다.

술이 바닥난 것이다.

어차피 할 얘기도 끝났으니 이곳에 더 있을 이유가 없다.

호리가 걱정하면서 기다리고 있을 테니 빨리 돌아가서 그를 안심시켜 줘야겠다는 생각이 들었다.

그렇게 마음먹으니 호선은 갑자기 호리가 보고 싶어졌다.

아니, 일단 보고 싶다는 생각이 들자 한시라도 빨리 그를 못 보면 숨이 넘어갈 것만 같았다.

슥—

"명심해라. 날 귀찮게 하면 용서하지 않겠다."

호선은 발딱 일어나서 싸늘하게 정천기를 굽어보며 최후의 결론을 내렸다.

"내가 항주성에서 당신을 암살했던 배후인데, 설마 그것까지 용서하는 것이오?"

호선이 막 걸음을 옮기려고 할 때 정천기가 짐묵을 깼다.

"용서하마. 너를 포함해서 모두."

호선은 선선히 고개를 끄덕였다. 곧 호리를 만날 것이라는 생각 때문에 입가에는 미소마저 머금어져 있었다.

그 순간 정천기는 뭔가 이상하다는 느낌이 들었다. 일이 이처럼 쉽게 끝나다니 믿을 수가 없었다.

'혹시 옥선후는 무공을 완전히 되찾지 못한 것인가?'

그녀가 지나치게 약세를 보이고 있으므로 그렇게 생각하는 것도 무리가 아니었다.

"기다리시오."

정천기는 일어서면서 호선을 향해 돌아서며 손을 뻗어 멈추라는 몸짓을 해 보였다. 말을 마친 직후, 그는 자신의 말투가 다분히 명령조였다는 사실에 움찔 가볍게 놀랐지만 개의치 않았다.

옥선후가 무공을 완전히 되찾지 못한 것이 아닌가? 하고 추측만 했을 뿐인데도 마치 정말 그렇기나 한 것 같은 기분이 드는 것을 어쩔 수가 없었다.

사람의 정신 혹은 생각이란 참으로 묘한 것이어서, 일단 한쪽 방향으로 생각이 미치면 의지 역시 그쪽으로 줄달음치기 십상인데, 지금 정천기가 그랬다.

"그것은 나 혼자 결정할 수 없는 일이오. 본루의 루주께 보고를 올려보겠소."

실로 건방지기 짝이 없는 말이었다. 또한 이것 역시 제안이라기보다는 명령에 가까웠다.

정천기가 느끼는 분위기라면 무궁신개와 두 명의 개방 장로 역시 느끼고 있을 터이다.

세 사람은 정천기가 주도권을 잡고 있으며, 옥선후가 약세를 보이고 있다는 사실을 간파했다.

"나더러 기다리라는 것이냐?"

호선이 정천기에게 돌아서며 약간 어이없는 듯 물었다.

"그렇소."

정천기는 잃었던 위엄을 빠르게 되찾아가고 있었다.

그는 이곳에 오기 전에 낙녕현 주위 백여 리 이내에 봉황궁 고수들이 없다는 개방의 최종 보고를 받았었다.

어찌 된 일인지는 모르겠지만, 지금 이곳에는 옥선후 혼자 있는 것이 분명했다.

사실 정천기는 검황루주로부터 옥선후에 대한 전권을 위임받았었다.

그러므로 이 시점에서 옥선후에 대한 추적과 암살을 전면 중지하고 물러나느냐, 아니면 계속하느냐의 결정은 온전히 그에게 달려 있었다.

그런데도 검황루주에게 보고하고 그의 결정에 따라야 한다는 쪽으로 몰고 가는 이유는 뭔가 미심쩍은 부분이 있기 때문이고, 또한 이 기회에 옥선후를 죽여 버릴 수도 있지 않을까 하는 흑심이 있기 때문이었다.

지금 이 주루 주위 백여 장 이내에는 삼백 명의 검황루 고수들과 백오십 명의 개방 고수들이 겹겹이 천라지망을 치고 있는 상황이다.

자신이 마음먹기에 따라서 옥선후를 죽일 수도 살릴 수도 있다고, 정천기는 위험한 발상을 조심스럽게 해보고 있는 중이었다.

"얼마나 기다려야 하느냐?"

호선은 가볍게 아미를 좁히면서 물었다.

순간 정천기의 눈이 가볍게 빛났다. 또한 입술 끝이 가늘게 떨렸다. 득의의 미소가 피어나려는 것을 간신히 참고 있기 때문이었다.

옥선후는 확실히 약세를 보이고 있었다. 고로, 그녀는 뭔가 몹시 켕기는 것이 있는 게 분명했다. 그리고 정천기는 그것이 그녀의 무공이 아직 완전히 회복되지 않았기 때문이라고 판단했다.

"본루에 비합전서를 보내고 다시 이곳까지 도착하는 데 걸리는 시간은 대략 이틀 정도 걸릴 것이오."

정천기는 그렇게 말하면서도 검황루에 비합전서를 보낼 생각은 추호도 하지 않았다.

대신 그의 심중에는 자신의 힘으로 옥선후를 제거해야겠다는 생각이 거의 굳어가고 있었다.

호선의 얼굴에 어이없다는 표정이 떠올랐다.

"나더러 이틀씩이나 기다리라는 말이냐?"

"그렇소."

정천기는 어느새 당당해져 있는 자신이 몹시 자랑스럽게

느껴졌다.

무궁신개와 두 명의 개방 장로가 존경스러운 표정으로 자신을 쳐다보는 것도 기분이 좋았다.

그러나 그것은 정천기의 착각이었다. 무궁신개 등의 표정은 지극히 염려스러워하는 것이었다.

호선은 고개를 가로저었다.

"안 돼. 그럴 수는 없다."

"당신은 그래야만 할 것이오."

정천기의 목소리가 고압적으로 바뀌었다. 그러면서 그는 암암리에 자신의 공력 이 갑자 반, 즉 백오십 년 공력을 극한으로 끌어올려 만일의 사태에 대비했다.

"네놈이 감히!"

호선의 아미가 상큼 치켜올려지는 순간, 정천기는 그녀가 초식을 전개할 것이라고 본능적으로 직감했다. 그래서 그녀보다 먼저 자신이 발출해야겠다고 판단했다.

아니, 판단을 내리기도 전에 그의 어깨에서 검이 뽑혔다.

단 한 차례의 실패도 경험해 본 적이 없는 검이었다.

쿠오옷!

검황루가 자랑하는 파극검기(破極劍氣)가 백오십 년의 공력을 실은 채 새파란 섬광과 함께 번갯불처럼 호선을 향해 일직선으로 뿜어졌다.

거리는 불과 일 장 남짓.

정천기는 자신의 파극검기가 옥선후를 죽이던가 최소한 중상을 입힐 것이라는 사실을 믿어 의심하지 않았다.

절정고수들은 초식이 발출될 때 다음에 벌어질 결과에 대해서 어느 정도 본능적으로 직감을 하는데, 지금 정천기의 느낌이 그랬다.

번쩍!

다음 순간 주루 한복판에서 태양이 폭발한 것 같은 섬광이 작열했다.

그 섬광은 무지개 광채였다. 정천기도, 무궁신개와 두 명의 개방 장로도 찬란한 무지개 광채가 허공을 가득 메우는 것만을 봤을 뿐이었다.

그 순간, 그들 네 명은 속으로 똑같이 외쳤다.

'홍예신공!'

꽈릉!

"흐악!"

그리고 짧은 벽력음이 터지는 것과 동시에 정천기는 극심한 충격을 앞가슴에 받으면서 정신을 잃었다.

第四十七章
일그러진 얼굴

一擲賭乾坤

정천기는 열 호흡 정도 정신을 잃고 있었다.

그가 깨어나서 눈을 뜨기도 전에 가장 먼저 듣게 된 것은 무궁신개가 누군가에게 간절하게 애원하고 있는, 거의 울 것 같은 목소리였다.

"옥선후님, 부디 자비를 베풀어주십시오. 정천기 대협께서 실언을 한 것은 제가 대신 사죄드리겠습니다."

이윽고 눈을 뜬 정천기는 자신의 앞에 벌어져 있는 광경을 이해하느라 애를 써야만 했다.

자신의 앞에 있는 세 사람은 무궁신개와 두 명의 개방 장로가 분명한데 괴상한 자세를 취하고 있었다.

몸을 잔뜩 웅크리고 있는 뒷모습인데, 무궁신개가 맨 아래에 있고, 그 위에 두 명의 개방 장로가 얹혀 있었다. 하지만 세 사람의 몸은 붙어 있는 상태가 아니었다.

그리고 그 너머에 옥선후가 역시 옆으로 길게 누워 있는 모습이 보였다.

그런데 그런 것이 아닌 것 같았다. 정천기는 눈을 이리저리 굴리다가 자신이 옆으로 누운 자세를 취하고 있는 사실을 깨달았다. 그래서 다른 사람들 모습이 제대로 보이지 않았던 것이다.

정천기는 조심스럽게 몸을 움직여 보았다.

우지직!

그의 몸이 박혀 있던 주루의 나무로 만든 벽 속에서 조금씩 뽑혔다.

"으으……."

그런데 온몸이 조각나는 것처럼 고통스러웠다. 그중에서도 가슴이 온통 빠개지고 무너지는 것 같았다.

그는 겨우 자세를 바로 할 수 있었다. 그렇지만 나무 벽에 박혀 있던 몸을 빼내서 바닥에 앉았을 뿐이었다. 지금으로서는 더 이상 움직이는 것은 무리였다.

정천기는 그제야 사물을 똑바로 볼 수가 있었다. 그는 원래 자신이 서 있던 곳으로부터 삼 장이나 밀려와 벽에 박혀 있었던 것이다.

그가 원래 서 있던 곳에서 이곳까지의 탁자와 의자들이 부서진 채 바닥에 어지럽게 흩어져 있었다.

이 순간 그는 한 가지 사실을 분명하게 깨달았다.

옥선후는 원래의 무공을 완벽하게 고스란히 되찾았다.

그리고 그녀가 정천기에게 보여준 것은 '약세'가 아니라 '자비'였었다.

그녀의 자비를 악용한 대가를 정천기는 톡톡히 치렀으며, 그것은 지금도 진행 중이고, 어쩌면 그는 그것 때문에 목숨을 내놓아야 할지도 모른다.

정천기는 가만히 운공을 해보다가 절망적인 심정이 되어 곧 그만두고 말았다. 공력이 모아지지 않았으며, 운공 자체가 되지 않았다.

그는 옥선후의 일장에 산산이 해체되고 말았다.

그때, 호선이 머리를 조아리고 있는 무궁신개들 너머로 정천기를 주시하며 조용히 말했다.

"정천기, 너의 행동은 내 제안을 거절한 것으로 받아들이겠다. 이제 뱀의 대가리를 짓이긴 후에 이 주루 주변에 널려 있는 네 수하들을 모두 죽여주마."

호선의 얼굴에는 살벌함도 싸늘함도 떠올라 있시 않았다. 단지 호리에 대해서 말할 때처럼 행복한 표정이 떠오르지 않았을 뿐이지, 담담한 표정이었다.

그러나 정천기는 그런 모습이 예전에 그녀가 보여주었던

냉혹한 표정보다 더 두려웠다.

옛말에도 뜨거운 물은 김이 나지 않는다고 했다. 진정한 분노는 원래 조용한 법이다.

무궁신개와 두 명의 개방 장로가 간절한 표정으로 정천기를 돌아보았다.

그들의 얼굴에는 어서 옥선후에게 용서를 빌라는 무언의 요구가 가득 떠올라 있었다.

정천기는 지금껏 살아오면서 수많은 판단과 결정을 내렸었고 그것들은 대부분 옳은 결과를 가져왔었지만, 조금 전의 결정은 최악이었다. 그 결정이 지금의 이런 형편없는 상황을 만들어 버린 것이다.

운공조차도 하지 못하는 신세인 지금의 정천기가 할 수 있는 것은 하나뿐이었다.

그는 힘겹게 몸을 움직여 호선을 향해 무릎을 꿇었다.

그러자 무궁신개 등의 얼굴에 안도의 표정이 떠올랐다.

정천기는 잠시 호선을 바라보다가 천천히 상체를 굽혀 고개를 숙였다.

그가 그런 자세를 취하고 있는 데에도 호선에게서는 아무런 반응이 없었다.

정천기는 자세를 더 낮추었고, 고개를 더 숙여 이마가 바닥에 닿게 했다.

그제야 호선의 나직한 목소리가 그의 뒤통수로 가랑비처

럼 부슬부슬 흘러내렸다.

"큰 전쟁과 대학살도 처음에는 한두 사람의 입으로부터 시작되기 마련이다."

정천기는 자신이 옥선후의 자비를 왜곡하여 악용했으므로, 이제 그녀가 자신에게 처절한 굴종을 원하고 있다는 사실을 깨달았다.

호선의 목소리는 아까와는 조금 달라졌다. 나직한 어조지만 마치 제자를 가르치는 스승처럼, 또는 자식을 꾸짖는 부모처럼 준엄했다.

"나는 어려운 일을 너와 함께 대화로써 쉽게 풀려고 했었다. 천하의 아무리 어려운 일이라도 처음에는 쉬운 것에서 시작되고, 천하의 큰일도 반드시 작은 것에서 비롯되는 법이다[天下難事必作於易 天下大事必作於細]."

정천기는 무릎을 꿇고 이마를 바닥에 대고 있는 쪽이 오히려 다행이라는 생각이 들었다.

너무 부끄럽고 수치스러워서 얼굴을 들고 있었다면 필경 눈물이라도 흘렸을 것이다.

"우매한 네놈에게 다시 한 번의 기회를 주겠다. 내 제안을 받아들이겠느냐?"

정천기가 대답을 하지 않자 무궁신개 등의 얼굴이 초조감으로 물들었다.

정천기는 대답을 하지 않는 것이 아니라 목이 메어서 말이

일그러진 얼굴 35

나오지 않는 것이었다.

 자신의 실수를 용서해 준 데 대한 감격 때문인지, 치욕 때문인지는 모르겠지만 감정이 격해져서 가슴이 꿈틀꿈틀거릴 뿐 쉽게 말이 나오지 않았다.

 그는 그런 자신의 행동 때문에 혹시 옥선후가 오해를 할 수도 있다는 생각이 들자 벌떡 상체를 일으키고는 고개를 크게 끄덕였다.

 그러더니 그 뒤에 말이 터져 나왔다.

 "그러겠습니다! 무조건 궁주의 말씀에 따르겠습니다!"

 이것은 결코 목숨이 아까워서가 아니었다. 방금 전 우매하기 짝이 없는 결정을 내렸던 자신에 대한 질책이었다.

 무궁신개와 두 명의 개방 장로는 미친 듯이 고개를 끄덕이는 정천기의 눈에서 눈물이 흐르는 것을 발견했다.

 그러나 그들은 그의 그런 행동을 충분히 이해했다. 그들 역시 옥선후의 언행에 커다란 감명을 받았기 때문이었다.

 "대협, 봉황궁주는 가셨습니다."

 정천기가 다시 바닥에 이마를 대고 고개를 조아린 후 다섯 호흡쯤 지났을 때 무궁신개가 조용히 일러주었다.

 크게 한숨을 내쉰 정천기는 일어나려고 애를 썼지만 뜻대로 되지 않았다. 어디를 얼마나 다쳤는지 공력은커녕 힘조차 모아지지 않았다.

 무궁신개와 대홍노개가 양쪽에서 정천기를 부축하여 의자

에 앉혀주었다.

정천기는 천천히 주위를 둘러보았다. 그리고 나서는 조용히 눈을 감고 운공조식을 시도하기 시작했다.

정천기는 자신에게 옥선후가 또 다른 자비를 베풀었음을 한 번의 운공조식 이후에 깨달았다.

정천기의 급습이나 다름이 없는 공격에도 그녀는 전력을 다하지 않았다.

그녀가 전력을 다했다면 정천기는 이미 몸뚱이가 으깨어져서 죽어 있을 것이다.

정천기는 옥선후가 공격할 것이라고 판단하여 공격을 가했지만, 그녀는 그러지 않았다.

결국 정천기가 급습을 하고 옥선후가 반격을 한 상황이 되고 말았다.

그런데도 불구하고 옥선후는 손속에 인정을 두어 그를 죽이지 않았다.

무지개 광채가 번쩍인 것으로 미루어 전설적 절학인 홍예신공을 사용한 것은 분명했다.

그런데 어떻게 했는지 정천기의 몸은 어디 한 군데 부러진 곳 없이 말짱했다.

단지 잠시 동안 정신을 잃었고, 또한 잠시 동안 마치 무공을 깡그리 잃은 것처럼 무기력했으며, 지독하게 고통스러웠을 뿐이었다.

그러나 그런 것들은 단 한 번의 운공조식으로 말끔하게 회복되었다.

아까 옥선후가 이곳에 있을 때였다면 그런 자비가 기꺼울 만큼 고마웠을 텐데, 지금은 치욕과 분노가 되어 정천기의 속에서 메스꺼움처럼 스멀거렸다.

정천기는 자신이 생각해도 그런 자신의 교활함이 역겨웠다. 그래서 옥선후가 더 증오스러웠다.

"이사형!"

그때 주루 입구로 한 사람이 빠르게 들어서면서 반가운 외침을 터뜨렸다.

"사제……."

정천기는 적잖이 놀라서 그를 쳐다보았다.

들어선 사람은 검황삼기의 셋째이자 막내인 초혈기였다.

불이 붙은 것 같은 홍포에 깔끔하게 빗어 넘겨 묶은 머리카락과 후리후리한 키.

그리고 사십대 중반으로 보이는 나이에 매우 영준한 외모를 지닌 인물이었다. 그는 무림인이라기보다는 중년 유생 같은 외모였다.

"사제가 여긴 어쩐 일인가?"

"루주께서 보냈습니다. 이사형께서 옥선후를 확실하게 제거하는 데 도움이 되라고 말입니다."

"누굴 데리고 왔나?"

초혈기는 싱긋 건강한 미소를 지었다.

"하하! 십검전단(十劍戰團)을 데리고 왔습니다."

"십검전단을?"

정천기는 적잖이 놀랐다.

검황루주가 직접 인재들을 선발하고 가르쳐서 자신의 호위단(護衛團)으로 만들었다는 사실을 너무도 잘 알고 있는 그였다.

십검전단은 불과 백 명뿐이다. 각 열 명씩 열 개의 조로 이루어졌다.

그러나 그 백 명 각자의 실력은 실로 굉장한 수준이다. 검황루 최정예검사인 삼백 명의 검황질풍검대보다 최소한 세 배 이상 막강하다.

정천기 같은 절정고수가 십검전단 세 명의 합공을 오십 초 이상 당해내지 못할 정도다.

십검전단은 여태껏 단 한 차례도 외부의 일에 투입된 적이 없었다. 그들의 임무가 오로지 검황루주를 호위하는 것이기 때문이다.

그런 십전검단이 이곳에 왔다는 것이다.

정천기는 갑자기 온몸에 힘이 솟는 것을 느꼈다.

그는 급히 무궁신개를 보며 물었다.

"방주, 옥선후가 떠난 지 얼마나 됐지?"

"일각쯤 됐습니다."

대답을 하면서 무궁신개의 얼굴에 불안한 표정이 잔물결처럼 번졌다. 좋지 않은 낌새를 느낀 것이다.

정천기는 나직이 중얼거렸다.

"그녀는 호리라는 놈을 만나러 갔을 테고, 그놈은 호리궁에 있을 테니 멀리 가진 못했어."

무궁신개는 정천기의 눈이 번들거리는 것을 보고 오싹 소름이 끼쳤다.

그런 눈빛을 무궁신개는 예전에도 가끔 본 적이 있었다. 그것은 이성을 잃은 사람의 눈빛이었다.

"이사형, 옥선후가 이 근처에 있습니까?"

초혈기가 긴장된 표정으로 급히 물었다.

"가세. 옥선후를 죽일 수 있는 기회는 지금뿐이야."

정천기는 말과 함께 빠르게 주루 입구로 쏘아갔다.

무궁신개가 급히 외쳤다.

"정천기 대협! 옥선후와의 약속은……."

"닥쳐라! 한마디만 더 나불거리면 명년 오늘이 네놈 제삿날이 될 것이다!"

순간 정천기가 뒤돌아서서 어깨의 검을 잡으며 무궁신개를 향해 당장이라도 일검을 뽑을 듯이 일갈했다.

무궁신개와 두 명의 개방 장로는 그 자리에 얼어붙었다.

일 할의 두려움과 구 할의 실망감 때문이었다.

        *   *   *

 호리가 관도를 따라서 한참을 걸었을 때 동이 트기 시작하여 따스한 양광이 온 누리를 비췄다.

 그가 걸어가고 있는 관도의 왼쪽으로는 강폭이 꽤 넓어진 낙수가 유유히 흘렀다.

 그리고 오른쪽의 드넓게 펼쳐진 지평선 끝에서 이글거리는 태양이 솟아오르고 있었다.

 하남성을 세로 절반으로 나누면 서쪽은 평균 천 척 정도의 산악지대고, 동쪽은 기름진 평야와 셀 수도 없을 만큼 많은 강으로 이루어져 있다.

 신기한 점은 하남성의 북부 접경 지역을 서쪽에서 동쪽으로 가로지르는 황하 남쪽의 수많은 강 가운데 화산(華山)에서 시작되는 낙수와 웅이산(熊耳山)에서 시작되는 이수(伊水) 두 개의 강만이 나란히 동북쪽으로 흘러 황하로 유입되고, 다른 모든 강들은 한결같이 동남쪽으로 흘러 안휘성의 회하(淮河)로 흘러든다는 사실이었다.

 수백 개의 샛이 모여 이루어신 회하는 중원오대호인 홍택호(洪澤湖)와 고우호(高郵湖)를 이루었다가 강소성(江蘇省)에서 장강과 합류한다.

 호리는 호리궁으로 돌아가지 않고 일부러 관도를 택하여

줄곧 걸었다.

　물론 색혈루의 살수들을 끌어내기 위해서였다. 어떻게 보면 우둔한 방법일 수도 있겠지만 현재 상황에서 호리가 취할 수 있는 방법은 이것뿐이었고, 또 사실 이보다 확실한 방법도 없을 터이다.

　낙수의 하류에 해당하는 이 지역은 폭 이십여 리의 넓은 평야가 강 양쪽에 펼쳐진 채 강을 따라 이어지다가 낙양에 이르러서는 광활한 평야가 된다.

　공력을 지니게 된 이후부터는 더위와 추위를 느끼지 않게 된 호리지만, 지금 어둠을 걷어내면서 대지를 밝히고 있는 이 햇빛은 너무도 부드럽고 따사로웠다.

　마치 한없는 애정과 자비를 담은 따스한 손길로 얼굴을 쓰다듬는 것 같았다.

　밤새 어둠 속에서 웅크리고 있던 강과 들판과 나무와 풀들, 대자연이 활짝 기지개를 켜면서 햇빛을 맞이했다.

　호리는 햇빛이 반짝이는 강과 나무와 풀잎에 맺힌 이슬을 보면서 예전에 사부의 부인 소선아가 글을 가르쳐 주며 해주었던 희휘랑요(曦暉朗耀)라는 말이 생각났다.

　태양 빛과 달빛이 온 세상을 비추어 만물에 고루 혜택을 준다는 뜻이다.

　호리는 문득 자신이 태양은 못 되더라도 달이라도 되어 달빛을 온 누리에 비추듯 많은 사람들을 희휘랑요하는 훌륭한 인물이 될 수 있을까, 하는 생각이 들었다.
 그러나 그는 곧 실소를 흘리면서 고개를 가로저었다.
 그의 꿈은 너무도 소박하다. 사부와 사매, 그리고 호선이 끝내 기억을 되찾지 못한다면 그녀와 철웅, 은초 등과 함께 자그마한 시골에 아담한 무도관을 내어 오순도순 행복하게 살아가는 것이다.
 행여 기회가 닿는다면, 그 시골 마을을 위해서 헌신하는 사람이 되고 싶었다.
 그래서 천하까지는 아니더라도 그 시골 마을에서나마 마을 사람들에게 존경받고 쓸모있는 사람이 되고 싶다는 작은 꿈을 하나 더 품어보았다.
 그는 잠시 걸음을 멈추고 안력을 돋우어 주위를 둘러보았다.
 관도에는 호리 자신 혼자만 덩그렇게 서 있을 뿐 사람의 모습은 보이지 않았다.
 그는 강을 바라보았다. 어젯밤 호리궁에서 내린 후 색혈루 살수 이십 명을 죽이고 나서 강변을 따라 되도록 천천히 걸었기 때문에 채 십여 리도 가지 못한 상황이었다.
 '살수들은 더 이상 나타나지 않을 생각인가? 아니면 살수들이란 원래 밤이 돼야 암습을 하는 것인가?'
 색혈루가 포기를 한 것인지 아닌지를 알 수가 없으니 호리궁으로 돌아가는 것도 여의치가 않았다.

사실 색혈루주 혈인요수는 자신이 직접 전 살수를 이끌고 호리를 죽이려고 결심했었다.

그런데 그가 막 건천산 색혈루 총단을 출발하려고 할 때 급보가 전해졌다.

마황부가 선황파를 침공했으며, 무황성과 주변의 방, 문파 십여 곳에서 고수들을 파견, 현재 선양현 일대 곳곳에서 치열한 격전이 벌어지고 있다는 것이었다.

때문에 혈인요수는 출동을 무기한 연기했다. 암살 대상 한 명을 죽이려다가 까딱하면 고래 싸움에 새우 등 터지는 경우가 벌어질는지도 모르기 때문이었다.

그런 줄도 모르는 호리는 색혈루 살수들이 언제 나타날는지 이제나저제나 기다리고 있는 것이다.

암살을 당하는 처지에 있는 그가 살수를 기다리다니, 웃지 못할 일이었다.

'호선이 돌아왔을까?'

호리는 강에서 시선을 떼지 못하면서 속으로 중얼거렸다. 철웅과 은초더러 밤을 새워 하류로 이동하라고 했으니, 지금쯤 호리궁은 호리를 내려준 곳에서 최소한 삼십여 리는 갔을 것이라는 계산이다.

'돌아왔을 거야.'

지난번에도 무사히 돌아왔었으니 이번에도 그럴 것이라고 애써 스스로를 위로해 보았다.

'그런데 도대체 누가 날 죽이라고 한 것일까?'

그는 걸음을 옮기면서 내심 중얼거렸다. 아무리 생각해 봐도 터럭만 한 실마리조차 생각해 낼 수가 없었다.

이 넓은 세상천지에서 호리의 본명, 고영을 알고 있는 사람은 사부와 사매. 그리고 봉래현에서 친하게 지냈던 몇몇 사람들이 전부였다.

봉래현 사람들은 순박한 장사치나 농사꾼이라서 그들이 색혈루에 호리를 죽여달라고 청부할 리가 없다.

더구나 사부와 사매가 그럴 리는 더더욱 만무하다. 만약 그 두 사람이 청부했다면 호리는 추호도 반항하지 않고, 이유조차 묻지 않은 채 살수에게 죽을 각오가 되어 있지만, 그럴 가능성은 반 푼어치도 없다.

호리는 규칙적인 걸음으로 걸으면서 골똘히 생각에 잠겼다.

우선 고영이라는 이름이 어디에서 흘러나왔을 것인지를 유추해 보았다.

잠시 후, 그는 자신의 이름이 사부나 사매에게서 흘러나왔을 수밖에 없다는 결론을 내렸다.

설단코 사부와 사매가 호리를 죽이라고 청부하시는 않았겠지만, 호리의 본명을 알고 있는 것이 그 두 사람뿐이니 그들 중에 누군가 고영이라는 이름을 다른 사람에게 말해주었을 가능성이 크다.

사부와 사매를 의심하는 것은 아니지만, 엉킨 실타래를 풀자면 그렇게 시작할 수밖에 없다. 이것은 그동안 호리가 한 번도 생각해 보지 않은 발상이었다. 아니, 차마 생각해 볼 수조차 없었다.

그렇다면 두 사람 중에 누구일까?

아무래도 좋지 않은 상황에 처해 있는 사매일 가능성이 더 클 것이다.

원래 좋지 않은 상황이란 예상하지 못했던 많은 일들을 만들어내는 온상과도 같은 법이다.

어쩌면 사매 연지가 자주 접하는 사람들 중에서 믿을 만하다고 여겨지는 사람에게 무엇인가 은밀하게 부탁 같은 것을 했을 수도 있는 일이다.

서찰을 적어주면서 사형에게 전해달라고 하거나, 사형을 찾아내서 연지 자신을 구하러 와달라는 말을 전하라는 부탁이었을 것이다.

그 과정에서 고영이라는 이름을 말해준 것일 게다. 이름을 알려주지 않고서 어떻게 사형을 찾을 수 있겠는가.

그런데 만약 연지에게 부탁을 받은 사람이 제대로 이행하지 않고, 또 그 사실을 연지를 감금하고 있는 당사자인 이소 성주에게 보고했을지도 모른다.

호리는 뚝 걸음을 멈추었다.

'아니, 지금으로서는 그럴 가능성이 가장 크다. 대체 어느 누가 위험을 무릅쓰고 이소성주에게 납치되어 갇혀 있는 시골소녀를 도우려고 하겠는가?

설마 설마 하면서 조심스럽게 유추해 봤지만, 막상 그런 가설을 세우고 나니 그것밖에는 지금의 이 상황을 달리 이해할 방도가 없었다.

'믿기 싫은 일이지만, 연 매는 아직도 무황성에 감금되어 있는 것이 분명하다.'

그는 자신의 추리를 믿었다. 아무리 생각해 봐도 그럴 가능성이 가장 컸다.

어떤 알 수 없는 오해 때문에 사매가 잡혀갔고, 그 오해가 풀려서 집으로 돌아갔을지도 모른다던 호리의 기대가 사그라지는 순간이다.

그리고 이소성주나 그의 주위 사람이 고영을 죽이라고 청부했을 것이다.

그래야만 얘기의 아귀가 맞아떨어진다.

'연 매……'

호리는 무황성이 있는 낙양 쪽 하늘을 바라보면서 가슴이 더없이 착잡해졌다.

그녀는 아직 무황성에 있는 것이 분명했다.

그런데 바로 그때였다.

차차차창!

"흐악!"

"크악!"

"와악!"

멀지 않은 곳에서 요란하게 무기끼리 부딪치는 소리와 몇 마디의 처절한 비명성이 터졌다.

호리는 급히 오른쪽 넓은 평원을 쳐다보다가 무엇인가를 발견하고 가볍게 눈을 빛냈다.

창창창창! 채채채챙!

그가 있는 곳에서 삼백 장쯤 떨어진 곳에서 햇살에 도검이 번뜩이며 치열한 싸움이 벌어지기 시작한 것이었다.

한 무리는 전력으로 도망을 치는 중이고, 다른 무리가 추격을 하면서 도망치는 무리의 뒤처진 사람들을 가차없이 죽이고 있었다.

호리가 쳐다보고 있는 중에도 추격하던 무리는 도주하는 무리가 주춤하는 사이에 그 한복판을 관통하면서 마구잡이 닥치는 대로 도륙을 했다.

호리가 보기에 도주하는 무리의 무공은 꽤나 강한 듯한데, 추격하는 무리는 그에 비할 바가 아니었다.

추격자들의 도가 번뜩일 때마다 도주하는 무리는 피를 뿌리면서 볏짚처럼 나뒹굴었다.

호리는 관도 한복판에 서서 아무런 행동도 취하지 않은 채 그저 그 광경을 지켜보기만 했다.

무림인들끼리 싸우는 광경을 처음 보는 터라서, 이럴 때는 어떻게 해야 하는지 모르기 때문이다.

또한 그는 항주성에서 지낸 삼 년 동안 많은 일들을 겪으면서 몇 가지 습관적인 성격이 형성됐는데, 그중에 하나가 남의 일에는 끼어들지 않는다는 것이다.

원래대로 하자면 그는 제 갈 길로 가야 하지만, 사람들이 목과 몸통이 잘리면서 죽어가는 것을 뻔히 보는 상황에서는 좀처럼 발길이 떨어지지 않았다.

'나하고는 상관없는 일이다.'

이윽고 호리는 시선을 거두고 걸음을 옮겼다. 얼마 떨어지지 않은 곳에서 치열한 싸움이 벌어지고, 또 사람들이 죽어가는 광경을 외면하고 그냥 스쳐 지나가는 것은 결코 쉬운 일이 아니다.

그런데 호리가 몇 걸음을 옮겼을 때, 그쪽에서 누군가의 쩌렁쩌렁한 호통성이 터졌다.

"변방의 오랑캐들아! 네놈들이 감히 중원에 들어와서 무고한 사람들을 해치느냐?"

막 걷기 시작한 호리는 '변방의 오랑캐'라는 말에 뚝 걸음을 멈추고 그곳을 쳐다보았다.

"이 악마들아! 썩 네놈들의 땅으로 꺼져라!"

헌앙한 모습의 한 백의청년이 추격하는 자들에게 덮쳐 가면서 검을 휘두르며 분노에 가득 찬 호통을 터뜨리는 모습이 보였다.

그는 이십칠팔 세 정도의 나이에 키가 크고 후리후리한 체구를 지녔으며, 매우 흰 얼굴과 준수한 용모의 소유자로서 누가 보더라도 호감이 갈 만한 청년이었다.

콰차차창!

그가 맹렬한 기세로 검을 휘두르면서 위력적인 초식을 쏟아내자 갑자기 공격을 받은 다섯 명의 추격자가 비틀거리면서 물러섰다.

"왁!"

아니, 물러서던 다섯 명 중 세 명이 순식간에 하나같이 목이 깊숙이 찔려서 풀썩풀썩 쓰러져 버렸다.

백의청년은 남은 두 명을 휘몰아쳐 갔다.

채채채챙!

두 명은 백의청년의 검을 피하고 막느라 정신이 없어서 반격할 엄두도 내지 못했다.

추격자들, 백의청년이 '변방의 오랑캐'라고 한 자들은 모두 붉은 옷을 입고 있었다. 홍의가 아닌 피처럼 붉디붉은 혈의(血衣)였다.

또한 그들은 하나같이 도를 사용했다. 그것 역시 피처럼 붉은 혈도(血刀)다.

혈의를 입은 추격자들은 삼십 명 정도고, 백의청년 쪽은 처음에 칠십여 명이었는데, 잠깐 사이에 십여 명이 죽고 육십여 명만 남은 상태였다.

백의청년의 동료들은 모두 황의경장을 입었으며, 대부분 검을 사용했는데, 더러는 도와 창 등을 사용하기도 했다.

백의청년이 두 명을 상대하고 있는 동안에 혈의인들은 자신들의 두 배나 되는 육십여 명의 황의경장인들을 순식간에 포위하더니 무차별 공격을 퍼부었다.

호리는 좀 더 자세히 혈의인들과 황의경장인들의 무공을 비교해 보았다.

황의경장인들의 초식은 매우 정교하고 매끄러웠으며, 변화무쌍했다.

호리가 보기에 그들 각자는 정통의 무공을 익힌 일류고수로서 손색이 없는 실력이었다.

반면에 혈의인들이 보여주는 초식은 정교하지도 변화무쌍하지도 않았다.

대신 그들의 초식은 간명했다. 너무 간명해서 저 수법이 과연 초식인가, 의구심이 들 정도였다.

최소한 세 개 이상의 변화들이 모여서 하나의 초식을 이루는 것이다.

그런데 혈의인들이 구사하는 도법은 그저 하나, 아니면 두 개의 변화를 발휘할 뿐이었다.

단지 그것으로써 황의경장인 한 명의 목숨을 빼앗을 수 있으니 구태여 세 번째 변화를 구사할 필요가 없었다.

그런데다 혈의인들의 수법은 몹시 패도적이었다. 그들의

도가 휘둘러질 때마다 허공이 몸서리를 치면서 묵직하고도 날카로운 비명, 즉 파공성을 터뜨렸다.

"흐아악!"

"아악!"

태양이 솟고 있는 평원에 황의경장인들의 연이어 터지는 구슬픈 비명 소리가 햇살보다 더 날카롭게 퍼져 나갔다.

호리는 백의청년을 쳐다보았다.

그는 방금 전에 또 한 명의 혈의인을 죽였다. 그러나 다시 아홉 명의 혈의인이 가세를 하여, 도합 열 명이 백의청년에게 협공을 퍼부었다.

그런데도 백의청년은 조금도 약세를 보이지 않고 팽팽하게 싸우고 있었다.

혈의인들의 무공도 고강하지만, 백의청년은 그보다 훨씬 고강했다.

혈의인 열 명이 백의청년을 합공하는 것은 이미 그의 실력을 알고 있다는 증거였다.

백의청년은 좀처럼 승기를 잡지 못했다. 혈의인 열 명은 그를 옴짝달싹 못하게 만드는 것에 성공한 듯했다.

그러는 사이에 혈의인들은 피에 굶주린 늑대들이 순한 가축을 물어뜯고 토막을 내듯이 닥치는 대로 황의경장인들을 도륙했다.

"이놈들!"

백의청년은 싸우는 와중에 황의경장인들이 죽어가는 광경을 초조한 표정으로 힐끗힐끗 쳐다보다가 마침내 우렁찬 외침을 터뜨리면서 미친 듯이 수중의 검을 휘둘렀다.
  호리에게는 그 외침이 통곡소리처럼 들렸다.
  백의청년은 몸을 돌보지 않고 자신을 에워싼 혈의인들을 저돌적으로 공격하여 순식간에 두 명을 쓰러뜨렸다.
  그 바람에 그는 왼쪽 어깨를 베이고, 옆구리를 깊숙이 찔려야만 했다.
  그는 자신을 에워싼 혈의인들을 죽이고 동료들을 도우러 갈 생각이었는데, 오히려 부상을 당한 채 피를 흘리면서 비틀거려야만 했다.
  그러나 다시 두 명의 혈의인이 보충되어 도합 열 명이 백의청년을 에워싼 채 소나기 같은 공격을 퍼부었다.
  백의청년은 한순간의 울분을 견뎌내지 못하고 섣부른 판단을 내리는 바람에 이제는 자신과 동료들 모두가 위험한 지경에 처하고 말았다.
  그러는 중에도 황의경장인들은 계속 죽어갔다.
  호리는 백의청년의 일그러진 얼굴을 보았다. 그리고 두 눈에서 굵은 눈물이 흘러내리는 것도 보았다.
  백의청년은 분노와 슬픔과 비애를 한꺼번에 맛보고 있었다.
  호리도 그런 적이 있었다. 아니, 많았다.
  문득 그는 백의청년에게 깊은 연민을 느꼈다.

그가 보기에 백의청년은 정의로웠고, 혈의인들은 잔인무도한 악마 같았다.

'오랑캐들이라고?'

이윽고 호리의 두 눈에서 이글거리는 살기가 뿜어지기 시작했다.

一擲賭者
乾坤

나 변에 위치한 거대하고도 웅장한 선황파 안에 살아 있는 선황파 고수는 단 한 명도 없었다.

그 무엇으로도 막을 수 없으며, 피할 수도 없는 태풍이 휩쓸고 지나갔기 때문이다.

그 태풍은 전각이나 나무 같은 것들은 건드리지 않고, 오직 선황파 고수들만을 휩쓸었다.

그래서 혈풍(血風)이 됐다.

혈풍은 지나갔지만 선황파 곳곳의 낮은 하늘에는 혈운(血雲)이 자욱하게 떠 있었고, 짙붉은 안개, 즉 혈무(血霧)가 깔렸으며, 숨을 쉬기조차 어려울 정도의 혈향(血香)이 대기를 자욱하게 뒤덮고 있었다.

원래 선황파는 천팔백여 명의 고수를 보유하고 있었다.

천이백여 명이 일류고수 급이고, 사백여 명이 정예 고수들이며, 이백여 명이 최정예 고수들이다.

그리고 선황파 문주와 장로들, 그리고 각 요직에 있는 사람들 이십여 명은 절정고수라고 불릴 만한 실력자들이다.

그런 선황파가 불과 서너 시진 만에 괴멸해 버렸다.

전체 천팔백여 명의 문하고수 중에 천여 명의 시체가 선황파를 피로 물들였다.

그리고 나머지 팔백여 명은 문주 백검룡의 도주 명령에 따라 선황파를 버리고 뿔뿔이 흩어져 도주했다.

최초에 선황파를 공격했던 마랑군과 그의 그림자인 마중 십팔혼. 그리고 일천마신전사들은 선황파의 생존자 팔백여 명이 도주하는 데에도 추격을 하지 않았다.

그 대신 선황파 구석구석으로 유령처럼 숨어들어 깊숙이 은둔했다.

현재 선황파 내에 살아 있는 선황파 고수는 단 한 명도 없는 상황이었다.

그러나 그곳에 즐비하게 깔려 있는 천여 구의 시체를 만든 마황부의 혈귀(血鬼)들, 마신전사들이 죽음의 그림자가 되어 은둔해 있었다.

백검룡은 일생일대의 실수를 했다.

그는 폐관을 핑계로 마랑군을 나흘씩이나 기다리게 하지 말았어야 했다.

그리고 끝내는 마랑군을 진현궁 철벽뇌옥 안에 가두지 말았어야 했다.

그런데 만약 백검룡이 그러지 않았더라면 마랑군은 선황파를 공격하지 않았을까?

그렇지 않다.

백검룡이 어떻게 나왔든 선황파를 피로 씻는 마랑군의 계획에는 변함이 없었을 것이다.

일천마신전사들이 선황파 옆 우림산에 매복해 있었다는 사실이 그것을 증명하고 있다.

마랑군이 수모를 견디면서 나흘씩이나 선황파 우진궁에서 묵묵히 기다리고 있었던 이유는 사실 딴 데 있었다.

그는 제 일진(一陣)인 일천마신전사와 제 이진(二陣) 마풍사로군(魔風邪路軍) 이천 명이 선황파 근처에 도착하기를 기다리고 있었던 것이다.

마랑군이 선황파에서 이틀을 보냈을 때 마신전사가 도착했고, 나흘 반나절째에 마풍사로군이 당도했다.

마랑군과 마신전사, 마풍사로군은 정해의 마황부를 동시에 출발했었지만, 도착한 것은 각기 이틀씩 차이가 났다.

만약 마랑군이 마중십팔혼을 대동하지 않았더라면 열흘쯤 먼저 도착했을 것이다.

원래 마랑군은 선황파 진현궁 철벽뇌옥에 갇히기 직전에 자신의 심복인 마중십팔혼으로부터 마풍사로군이 산서성에서 하남성으로 통하는 관문인 함곡관(函谷關)을 통과했다는 보고를 받았다.

함곡관은 선황파에서 서북쪽으로 오십여 리 떨어진 곳이다.

마랑군은 그 즉시 마신전사로 하여금 선황파를 공격하라고 명령을 내렸다.

마랑군은 마풍사로군 없이는 자신의 계획을 개시할 수가 없었다.

마랑군이 이끄는 마신전사가 선황파를 초토로 만들고 있는 동안 마풍사로군 이천 명 중에 천 명이 당도하여 선황파를 포위했다.

선황파를 포기하고 도주하던 팔백여 고수들이 그물을 쳐두고 기다리던 마풍사로군에게 걸려들어 그중에 오백여 명이 죽고 삼백여 명만이 간신히 포위망을 뚫고 탈출했다.

마풍사로군의 나머지 절반 천 명은 선황파로 향하는 길목에 매복했다.

그들은 선황파를 돕기 위해서 각지에서 달려오는 방, 문파들을 중간에서 차단하는 임무를 맡고 있었으며, 그것을 완벽하게 처리했다.

그렇지만 무황성이 오는 것은 막지 않았다.

그들은 선황파에 유령처럼 은둔해 있는 마신전사들의 먹

잇감이었다.
 진현궁의 철벽뇌옥은 결코 마랑군을 가두어두지 못했다.
 백검룡은 마랑군이 반 자 두께의 철벽을 종잇장처럼 박살내고 간단하게 진현궁을 빠져나올 줄은 꿈에서조차 상상하지 못했었다.
 백여 년 전.
 오마루(五魔樓)의 루주 태마황(太魔皇)은 사마십육세를 일통, 마황부를 창시하여 초대 마황부주에 오르고 나서 세 가지 일을 이루려고 평생을 바쳤다.
 그러나 그는 죽을 때까지 세 가지 중에서 첫 번째 한 가지만을 이루었을 뿐이다.
 그것은 천하의 사마외도들을 평정하고 철저하게 단속하여 악행을 저지르지 못하도록 하는 것이었다.
 태마황은 자신이 마황부주로 재위한 사십여 년 동안 그 일에 전력했다.
 상단 창운단(蒼雲團)을 발족하여 사마외도들에게 온갖 장사를 시키고 기루와 주루, 전장, 표국, 화원 등을 운영하게 한 결과 창운단은 사십여 년이 지났을 때 대륙에서 가장 거대한 상단이 됐고, 마황부는 황궁을 몇 배나 능가하는 엄청난 재력을 지니게 되었다.
 태마황은 세 가지 일 중에 첫 번째인 '사마외도를 정화시키는 일'을 완성하고, 나머지 두 가지를 제자이며 제 이대 마황부주인 흑신마(黑神魔)가 이루도록 유시를 남기고는 조용히 눈을 감았다.

흑신마는 재위 기간 오십오 년 동안 두 번째 일에 총력을 기울였다.

세 가지 일 중에서 태마황이 첫 번째를 이룬 것처럼, 욕심을 부리지 않고 자신은 두 번째 일에만 매달렸다.

마황부를 그 무엇보다 강력하게 만드는 것. 그것이 두 번째 일이었다.

흑신마는 마황부의 전력을 초대 태마황 때보다 세 배 이상 막강하게 키웠다.

오십오 년이 흘러 흑신마가 죽었을 때, 마황부는 삼만마병(三萬魔兵)과 일만정병(一萬精兵)을 거느리고 있었다.

그것은 일국(一國)의 군대를 능가하는 어마어마한 군력(軍力)이었다.

흑신마는 오십오 년 동안 마황부를 이끌다가 제자에게 마황부와 세 번째 일을 남기고 숨을 거두었다.

그리고 제 삼대(三代) 마랑군이 마황부주의 위에 올랐다.

초대 태마황과 이대 흑신마가 각각 하나씩의 일을 이루었으니 삼대 마랑군은 세 번째 일을 완성해야만 하는 사명감에 불탔다.

세 번째 일은 마도의 전설적 마공인 호극마조(昊極魔造)를 찾아내서 완성하는 것이었다.

호극마조는 홍예신공. 제룡천력(帝龍天力)과 함께 천외삼절공이라고 불리는 전설의 절학이었다.

태마황은 창운단이라는 거대상단을 만들어 천하의 사마외도를 악의 구렁텅이에서 밝은 세상으로 이끌어내는 한편, 비밀리에 수하들을 풀어 천하를 뒤진 끝에 이십오 년 만에 호극마조 비급을 수중에 넣을 수 있었다.

흑신마는 표면적으로는 창운단을 잘 이끌면서 내적으로는 은밀하게 삼만마병과 일만정병, 즉 사만마정병(四萬魔精兵)을 양성했다.

그러면서 태마황이 입수한 호극마조를 완벽하게 분석했다.

그렇지만 자신이 직접 호극마조를 연마하지는 않았다.

태마황이 자신이 할 수 있는 최대한의 준비만 갖추어놓았던 것처럼, 흑신마도 욕심을 부리지 않고 자신의 역할에 최대한 노력을 경주했다.

흑신마는 자신의 대에서 세 가지 일이 모두 다 이루어질 수 없을 것이라 내다보았다.

그래서 자신의 제자 마랑군을 위한 안배를 완벽하게 이루어놓는 것에 평생을 바쳤다.

사조와 사부가 완벽하게 이루어놓은 기반 위에서 마랑군이 할 일은 호극마조를 극성으로 완성하는 일뿐이었다.

마랑군은 주야로 매두몰신하면서 호극마조만을 연마했다.

그의 나이 이십팔 세. 여섯 살에 흑신마의 제자가 되어 십오 세가 될 때까지 사문의 무공을 배웠으며, 그 후부터는 오직 호극마조만을 연마했다.

사부 흑신마가 죽고 자신이 마황부주의 위에 오를 때쯤, 그는 호극마조를 칠성의 경지까지 익혔었다.

그의 마음 같아서는 하루도 빼놓지 않고 매일 폐관하여 호극마조에만 전념하고 싶었었다.

그래서 하루라도 빨리 호극마조를 완성하여 사조와 사부, 그리고 자신의 대야망을 이룩하고 싶었다.

그렇지만 그는 극도로 조심했다. 사부 흑신마가 마황부주였을 시절에는 제자인 그가 사시사철 폐관만 하고 있어도 누가 뭐라고 할 사람이 없었지만, 천하의 시선을 한 몸에 받고 있는 마황부주는 다르다.

마랑군의 폐관은 짧으면 삼사 개월, 길다고 해도 반년을 넘기지 않았다.

그리고는 폐관이 끝나기만 하면 뻔질나게 멀고먼 중원에 드나들면서 오황수좌대회에 참가하고, 명승지를 유람하는 등 마치 폐관 같은 것은 할 생각도 하지 않는 사람처럼 보이려고 애썼다.

그 과정에서 그는 마음에 쏙 드는 한 소녀를 만났다.

바로 봉황궁주 봉황옥선후 사도빙이었다.

마랑군이 두 번째 오황수좌대회에 참가했을 때, 그 해에 봉황궁주에 즉위한 옥선후가 처음 오황수좌대회에 나왔다가 마랑군 눈에 띄었던 것이다.

아니, 비단 옥선후를 보는 순간 첫눈에 반한 사람은 마랑군 혼자만이 아니었다.

선황과 문주 백검룡과 무황성의 대공자 혁련천풍도 옥선후를 처음 보는 순간 눈빛이 예사롭지 않았다.

그러더니 이후 그들 두 사람은 자신들이 옥선후를 연모한다는 사실을 숨기려고도 하지 않으면서 시도 때도 없이 옥선후를 만나기 위해서 봉황궁에 제 집처럼 드나들었다.

그러나 영리한 마랑군은 옥선후가 자신을 포함한 세 남자 모두를 마음에 두고 있지 않다는 사실을 어렵지 않게 감지할 수 있었다.

백검룡과 혁련천풍은 옥선후의 마음을 얻기 위해서 온갖 노력을 마다하지 않았다.

만약 옥선후가 원하기만 한다면 목숨이라도 아낌없이 바칠 기세였다.

마랑군은 백검룡과 혁련천풍이 옥선후에게 끈질기게 구애하는 방식을 답습하지는 않았다.

그 대신 일 년여에 걸쳐서 옥선후라는 소녀를 면밀하게 분석하고 조사했다.

그 결과 그는 옥선후가 여느 영웅호걸 못지않은 대단한 야심가이며, 봉황궁주라는 지위로 만족하지 않는다는 사실을 알게 되었다.

네 번째 오황수좌대회 때, 마랑군은 마침내 회심의 승부수를 띄웠다. 옥선후와 단둘만의 시간을 만들어 은밀한 제안을 한 것이다.

"나와 손잡고 천하 위에 군림해 보는 것이 어떻겠소?"

그리고 마랑군의 회심의 일격은 여지없이 적중했다.
그 한마디에 옥선후는 흥미있는 반응을 보이더니, 석 달 후 중원에서 일만 오천여 리나 멀리 떨어진 청해의 마황부까지 친히 마랑군을 만나러 갔던 것이다.
두 사람의 결탁은 그렇게 이루어졌었다.
그런데 그 정보가 새어나갔고, 끝내는 옥선후가 암습을 당하는 지경에 처하고 만 것이다.
어쨌든, 마랑군은 마황부주에 등극한 지 오 년 만에, 그리고 옥선후가 암습을 당해 실종될 즈음에 마침내 호극마조를 십이성 완성하기에 이르렀다.
마랑군은 모든 준비를 완벽하게 끝냈다.
마황부가 보유하고 있는 상단 창운단은 천하상권의 삼분의 일을 장악했을 정도다.
그것은 두 가지 커다란 결과를 가져왔다. 마황부에 어마어마한 부를 축적시켜 주었으며, 동시에 천하인들의 뇌리에 마황부가 더 이상 과거의 악인 집단이 아니라는 사실을 각인시키는 데에 성공했다.

그러므로 마황부가 도발하여 무슨 짓을 저지를 것이라고 우려하는 사람은 그리 많지 않았다.

초대 마황부주에 오른 태마황은 진정한 마도인(魔道人)인 동시에 대야망을 품었던 인물이다.

그는 마황부를 창시하고 나서 하나의 원대한 대계(大計)를 구상했었다.

바로 천하무림을 일통하는 것이었다.

태마황은 자신의 대에서 대계를 실현시키려고 성급하게 굴지 않았다.

자신의 제자나 사손(師孫)의 대에서 대계가 이루어질 수 있도록 차근차근 초석을 다져 놓았다.

태마황은 제자 흑신마의 마음속에 누누이 각인시켜 주었다.

세 가지 일을 다 이룬 다음에야 천하무림을 정벌하라고.

그리고 끝내 마랑군이 그 세 가지를 모두 이루었으며, 마침내 천하무림에 거보(巨步)를 내딛은 것이었다.

전설의 절학인 호극마조를 십이성 완벽하게 연성한 마랑군에게 선황파 진현궁의 반 자 두께 무쇠 벽은 한낱 종잇조각일 뿐이었다.

선황파를 전멸시킨 마랑군은 자신의 심복 마중십팔혼. 그리고 선황파와의 싸움에서 살아남은 칠백오십 마신전사와 함께 선황파의 혈무 속에 죽은 듯이 은둔해 있었다.

마랑군을 도와 선황파를 공격한 마신전사와 마풍사로군은 천하에 알려져 있는 마황부의 주력(主力)이다.

달리 말한다면, 천하에서는 마황부가 마신전사와 마풍사로군, 그리고 무사 수준의 사천 명 정도의 수하를 보유하고 있는 줄 알고 있다는 뜻이다.

하지만 그 정도의 세력만으로도 마황부는 무림사황 각각의 세력보다 두 배 이상의 전력(戰力)을 보유하고 있다는 평가를 받고 있다.

그러나 그것은 빙산의 일각일 뿐이다. 마황부의 진짜 세력은 삼만마병과 일만정병. 즉, 사만마정병이다.

보이는 것보다는, 보이지 않는 것이 무서운 법이다.

길목을 지키고 있는 마풍사로군은 선황파를 도우러 달려오는 무황성 고수들은 건드리지 않았다.

그리고 무황성주와 대공자, 삼소성주가 이끄는 구백여 고수들이 선황파로 들이닥쳤다.

그들은 피비린내만 진동할 뿐 살아 있는 사람은 아무도 없는 선황파 안에서 큰 충격을 받은 채 멀뚱하게 서 있었다.

바로 그때 은둔해 있던 마랑군과 마중십팔혼, 마신전사가 일제히 무황성 고수들을 덮쳤다.

싸움은 그리 길지 않았다.

아니, 그것은 싸움이라고 할 수가 없었다. 그저 마황부의 일방적인 도륙일 뿐이었다.

애초에 정정당당하게 싸운다고 해도 무황성의 구백여 고수는 칠백오십 마신전사의 상대가 되지 못했을 것이다.
 무황성주인 금도절(金刀絶) 혁련필(赫連珌)은 우내십절(宇內十絶)의 한 명이다.
 그런 혁련필인데도 마랑군과 대결에서 백여 합이 지날 무렵부터는 열세에 처하기 시작했다.
 결국 혁련필은 부상을 당한 상태에서 무황성의 생존자 삼백오십여 명을 이끌고 분루를 흘리면서 선황파를 가까스로 빠져나와 도주할 수밖에 없었다.
 그러나 밖에서 기다리고 있던 마풍사로군의 포위망을 뚫으면서 다시 이백여 명의 고수를 잃었다.
 그리고 마풍사로군의 악착같은 추격은 그때부터 시작되었다.

　　　　　　*　　　*　　　*

쐐애액!
팍! 팍!
"흐억!"
"끅!"
 허공중에서 날카로운 파공음이 울려 퍼지는가 싶더니 두 마디 답답한 신음성이 터져 나왔다.

황의경장인들을 무차별 공격하면서 닥치는 대로 주살하던 혈의인 중에서 두 명이 갑자기 목과 가슴을 움켜잡으며 뒤로 비틀비틀 물러나다가 풀썩 쓰러졌다.
  싸움이 시작된 이후, 조금 전에 백의청년이 혈의인 여섯 명을 죽인 것 말고는 아무도 혈의인을 죽이지 못했다.
  그렇지만 지금은 백의청년마저도 부상을 당한 처지라서 제 한 몸 돌보기도 급급했기에 황의경장인들이 무참하게 죽어가는 것을 보면서 오장육부를 긁어내는 듯 피눈물을 삼키고 있을 따름이었다.
  그런데 바로 그때 느닷없이 두 명의 혈의인이 죽어 나자빠졌으니 모두의 놀라움은 이만저만한 것이 아니었다.
  치열했던 싸움이 거짓말처럼 한순간 뚝 멈추었다.
  그리고 혈의인, 황의경장인 할 것 없이 일제히 재빨리 사방을 휘둘러보았다.
  그러나 그들은 아무도 발견하지 못했다.
  문득 백의청년은 뭔가 짚히는 바가 있어서 즉시 허공을 올려다보았다.
  그 순간 그는 푸른 불꽃 두 개가 허공에서 지상을 향해 번갯불처럼 내리꽂히는 것을 발견했다.
  '검풍!'
  쌔애액!
  푸른 불꽃의 속도가 얼마나 빨랐으면 파공성은 그 뒤에서야 터져 나왔다.

팍! 팍!

백의청년은 주위를 두리번거리던 혈의인 두 명이 미간과 목에 푸른 불꽃이 적중, 아니, 관통되는 것을 보고는 반사적으로 방금 푸른 불꽃이 쏘아져 왔던 허공을 쳐다보았다.

쉬잇!

그의 시야에 한 명의 청년, 아니, 소년이 오른손에 푸른 검 한 자루를 움켜쥔 채 지상을 향해 머리를 아래로 한 자세를 하고 비스듬히 쏘아 내리는 것이 들어왔다.

허공에서 쏘아 내리는 소년은 다름 아닌 호리였다.

그 즈음 혈의인들도 호리를 발견했다.

하지만 호리의 내리꽂히는 속도가 너무 빨랐으며, 혈의인들은 난데없는 급습 때문에 어수선한 상태였다.

차아아아!

호리가 허공 일 장 반 높이에서 혈의인들을 향해 기이한 동작으로 칠룡검을 떨치자 채찍으로 허공을 후려갈기는 듯한 독특한 파공음이 흐르면서 반짝이는 다섯 개의 비늘 같은 파란 불꽃이 소나기처럼 쏟아져 내렸다.

다섯 개의 푸른 비늘, 즉 검린은 처음에는 뭉쳐서 발출되었다가 허공 일 장 높이에서 다섯 방향으로 부챗살처럼 쫙 갈라지면서 다섯 명의 혈의인을 향해 무서운 속도로 쏘아갔다.

백의청년의 눈이 커졌다.

'이번에는 검린인가?'

보통의 무림고수, 아니, 검수들의 대다수는 검풍이면 검풍, 검린이면 검린 한 가지를 자신의 수법으로 삼아 사용하는 것이 보편적이다.

지금처럼 검풍과 검린 두 가지를 한꺼번에 사용하는 사람은 거의 드물다.

카카캉!

혈의인 세 명이 자신들을 향해 쏘아오는 검린을 수중의 도를 휘둘러 다급하게 쳐냈다.

파곽!

"컥!"

"끄윽!"

그러나 두 명은 미처 피하거나 튕겨내지 못하고 옆머리와 가슴이 관통됐다.

옆머리가 관통된 자는 그 자리에 쓰러졌지만 가슴이 관통된 자는 비틀거리면서 몇 걸음 걸어가다가 거꾸러졌다.

백의청년은 여간해서는 놀라지 않는 성격이지만 지금 이 순간은 자신들의 위급한 상황도 상황이려니와, 마치 떠오르는 태양 속에서 튀어나온 이른 아침의 혜성 같은 호리의 굉장한 솜씨 때문에 거의 제정신이 아닐 만큼 놀라고 있었다.

더구나 백의청년은 무림의 검법에 대해서 스스로 조예가 깊다고 자부하고 있는 터인데, 호리가 사용하는 검풍과 검린이 무슨 초식인지 알 수가 없었다.

그렇지만 한 가지는 분명했다.

굉장한 검법이 분명하다는 것이다.

'순식간에 여섯 명이나 거꾸러뜨렸다……!'

같은 상황이라고 해도 백의청년이라면 최초의 급습에 두세 명, 많아야 서너 명 정도 죽이는 것이 전부일 것 같았다.

그러나 그게 끝이 아니었다.

호리는 아예 혈의인들 한복판으로 뛰어들면서 칠룡검을 신들린 듯이 휘둘렀다.

"크억!"

"흐악!"

"끄윽!"

다시 세 명의 혈의인이 목과 몸통이 통째로 잘려 짚단처럼 허물어졌다.

그러나 바로 그 순간부터 정신을 차린 혈의인들이 무더기로 호리를 합공하기 시작했다.

이제 남은 혈의인은 모두 스물한 명이었다.

그들은 순식간에 전열을 정비하여 일곱 명씩 세 개 조를 이루어 호리를 복판에 두고 바퀴처럼 왼쪽으로 회전하면서 공격을 퍼부었다.

호리는 방금 전까지 속수무책으로 당하기만 하던 혈의인들의 너무도 신속한 대응에 적이 놀랐으며, 그들의 무공 실력이 상상했던 것보다 강하다는 것에 또 한 번 놀랐다.
 호리가 고수다운 고수와 싸워본 것은 색혈루 살수들이 처음이었다.
 그것도 살수들 이십 명과 한꺼번에 싸웠다기보다는 도륙에 가까웠었다.
 그런데 혈의인들은 색혈루 살수들하고는 비교가 되지 않을 정도였다.
 조금 과장을 보탠다면, 혈의인 한 명의 실력이 색혈루 살수 이십 명을 모두 합친 정도였다.
 그런 식으로 치면, 호리는 지금 단신으로 색혈루 살수 사백여 명과 상대하고 있는 것이나 같았다.
 호리는 바짝 긴장했다. 방금 전까지만 해도 순식간에 혈의인 아홉 명을 죽인 것 때문에 솔직히 조금 방심했었다.
 그런데 지금은 열 호흡 정도의 시간이 지나도록 한 명의 혈의인도 죽이지 못하고 있었다.
 호리도 혈의인들을 죽이지 못하고 있지만, 혈의인들도 호리의 옷자락조차 베지 못하고 있기는 마찬가지였다.
 혈의인들과의 거리가 너무 가까워서 검풍이나 검린을 발출하는 것은 여의치가 않은 상황이었다.
 그래서 진검을 휘두르고 있는데 어찌 된 일인지 몸에 맞지 않은 옷을 입은 것처럼 부자연스럽기 짝이 없었다.
 '도대체 뭐가 문제지?'

그는 소나기처럼 쏟아지는 혈의인들의 도를 피하느라 미친 듯이 상체를 이리저리 흔들고 두 발을 교차시켰다.

그것은 보법도 무엇도 아니었다. 그렇다고 지금 같은 상황에서 청점활비를 전개할 수도 없었다. 그것은 물 위를 달리는 경공이지 보법이 아니기 때문이다.

비록 그가 청점활비를 육상에서도 활용할 수 있도록 응용을 했다고는 하지만 그 역시 경공이다. 경공과 보법은 엄연한 차이가 있는 것이다.

백의청년은 자신이 다쳤다는 것도, 호리 혼자 협공을 당하고 있다는 사실도 망각한 채 호리를 주시하는 데 온 정신을 쏟고 있었다.

그런데 이상했다. 호리가 방금 전에 보여준 검법은 거의 절정의 수준인데, 보법은 엉성하기 짝이 없었다.

아니, 백의청년이 보기에 호리가 펼치는 것은 보법이 아니라 그저 몸부림이라고 해야 옳았다.

'뭐야, 이거?'

문득 호리는 어이없는 표정을 지었다. 지금 자신이 전개하고 있는 것이 생전 처음 펼쳐 보는 초식이라는 사실을 발견했기 때문이었다.

아니, 그것은 초식도 그 무엇도 아니었다. 그저 혈의인들의 공격을 피하느라 허우적거리면서 아주 잠깐씩 틈이 나면 혈의인들을 찌르고 베려고 마구잡이로 검을 휘두르는 몸부림일

고수출현(高手出現) 75

뿐이었다.

'밥통!'

당황했었던 것이다.

갑자기 혈의인들 한복판으로 뛰어들어 세 명을 죽인 직후, 그들이 너무도 일사불란하고 완벽하게 보이는 일종의 도진(刀陣)에 갇혀 버리자 일순간 어떻게 해야 좋을지 갈피를 잡지 못했던 것이다.

깨달음도 일종의 충격이다. 충격은 허점을 동반한다.

쉬이익!

좌측에서 한 자루 도가 호리의 머리를 향해 무시무시하게 쪼개왔다.

파앗!

급히 피했지만 도는 호리의 등 쪽 어깨를 반 자가량 가볍게 베면서 피가 튀었다.

찌르르한 통증이 급속도로 전해져 왔지만, 그보다는 당황하고 있는 자신의 바보 같은 행동 때문에 상처를 입었다는 사실이 더 화가 나는 호리였다.

이럴 때를 대비해서 그토록 피나는 수련을 했던 것이 아니었던가 말이다.

더구나 그에게는 이 갑자의 공력이 있지 않은가.

'실전은 수련의 연속이다! 실수하면 목숨을 내놓아야 하는!'

호리는 속으로 강하게 외치고는 칠룡검을 거두었다가 다시 뽑으면서 비전검법을 전개했다.

스스스— 사사사사—

그러자 여태까지와는 전혀 다른 동작이 펼쳐졌다.

칠룡검이 여러 개의 검영(劍影)을 뿌리면서 기기묘묘하게 온갖 방위를 켜켜이 베고 찔러댔다.

푹!

"큭!"

팍!

"캑!"

칠룡검이 혈의인 한 명의 심장을 찔렀고, 또 한 명의 목을 잘라 버렸다.

호리가 비전검법을 실전에 전개한 것은 지금이 처음이다.

색혈루 살수들에게는 그저 검풍이나 검린을 발출하고, 그리고는 그저 상대의 허점을 찾아 재빨리 목을 베고, 심장을 찌르는 따위의 임기응변식의 동작일 뿐이었다.

호리는 비전검법을 수련하면서 그 현란함과 쾌속함이 몹시 마음에 들었지만, 강할 것이라는 생각은 그다지 크게 들지 않았었다.

칠룡검이 춤을 추면서 다시 두 명의 혈의인을 거꾸러뜨렸다.

승기를 잡은 호리는 청점활비를 발휘하여 혈의인들 사이를 유령처럼 헤집고, 또 허공을 계단처럼 밟고 오르면서 신들린 듯이 초식을 펼쳤다.

비전검법이 먹혀들고, 초식이 시원시원하게 펼쳐지자 호리는 막혔던 가슴이 뻥 뚫리는 것 같았다.

승승장구(乘勝長驅)라는 것은 바로 이런 상황을 두고 말하는 것일 게다.

지금 그는 비전검법을 전개하면서 학습을 하고 있었다.

조금 전에 비전검법을 한차례 펼치고 나서 한 가지 사실을 깨달았었다.

초식에서 정한 동작대로만 전개해서는 안 된다는 사실이다.

상대는 살아서 움직이고 있다. 비단 움직일 뿐만 아니라 몹시 빠르며 또한 공격적이다.

그런 상황에서 뻣뻣하게 서 있는 나무를 상대로 수련했던 초식의 동작은 조금도 먹혀들지 않았다.

초식을 펼치되 방향에 구애받지 않는다.

또한 어떤 방향으로든 초식을 펼칠 수 있되 초식의 순서에 구애받지 않는다.

마지막 한 가지. 방향과 초식의 순서에 구애받지 않되, 초식의 기본적인 틀은 유지한다.

호리의 비전검법은 실전을 통해서 놀라운 속도로 갈고 다듬어져 가고 있었다.

만약 지금 이 광경을 철웅이나 은초가 본다면, 호리가 비전검법을 펼치고 있다고는 생각하지 않을 것이다.

그만큼 호리의 비전검법은 초식의 기본적인 틀만 유지한 채 자유자재로 응용, 발휘되고 있었다.
 호리는 정신을 차리고 난 후에 다시 다섯 명의 혈의인을 더 죽였다.
 지금껏 도합 열네 명을 죽인 것이다.
 호리가 혈의인들 한복판에서 수많은 검영을 만들어내는 광경을 보면서 백의청년은 고개를 갸웃거렸다.
 '저 검법을 어디에선가 본 적이 있다! 뭐였지? 누가 펼치는 것을 봤었는가?'
 그는 눈도 깜빡이지 않고 호리의 동작을 주시하면서 그가 펼치는 검법을 알아내려고 고심을 거듭했다.
 "대가! 저분, 다쳤는데도 우릴 위해서 혼자 싸우고 있어요. 돕지 않고 뭘 하는 것인가요?"
 그때 황의경장인들 속에서 한 여자가 뾰족하게 외치면서 혈의인들을 향해 곧장 쏘아갔다.
 그제야 백의청년은 퍼뜩 정신을 차렸다.
 '이런! 내가 지금 무슨 짓을!'
 다음 순간 그 역시 혈의인들을 향해 맹렬히 덮쳐 가며 우렁차게 외쳤다.
 "모두 공격하라!"
 제일 먼저 외치면서 혈의인들에게 쏘아갔던 여자는 등을 보이고 있는 혈의인 두 명을 연이어 찔러 쓰러뜨리면서 곧장 호리 곁으로 다가왔다.

호리는 그때 막 혈의인 한 명의 목을 자르고 있어서 그녀를 제대로 보지 못했다. 다만 취의(翠衣)를 입었다는 것을 얼핏 봤을 뿐이고, 적이 아니기에 곁에 다가오는 것을 묵인하는 정도였다.

여자는 빙그르 돌아 호리와 등을 맞댄 상태로 혈의인들의 합공을 반격하기 시작했다.

그녀의 그런 행동은 누가 보더라도 혼자 싸우는 호리를 도우려는 의도가 분명했다.

문득 호리는 코끝에 은은한 매화 향기가 감도는 것을 느꼈다. 그리고 그것이 방금 스쳐 지나간 여자, 즉 취의녀(翠衣女)에게서 풍기는 향기라는 것을 깨달았다.

백의청년 정도는 아니지만, 취의녀의 무공은 고강했다. 무리 중에서 백의청년 다음의 실력을 지니고 있어서 혈의인 두어 명과 맞상대를 해도 삼십여 초 이내에 거뜬히 해치울 정도는 될 것이다.

조금 전에 그녀는 황의경장인들을 보호하느라 혈의인들과 제대로 싸울 수 없는 상황이었지만, 지금은 달랐다.

콰차차창!

그때 바깥쪽에서 백의청년과 황의경장인들이 일제히 공격을 개시했다.

호리가 처음에 혈의인들을 공격했을 때 그들은 모두 서른

한 명이었다. 호리가 그중 열다섯 명을 해치웠으니 거의 절반이나 죽인 셈이다.

그런데도 혈의인들은 추호도 동요하지 않았다.

도주하던 황의경장인들이 혈의인들의 공격을 받아 크게 당황하여 지리멸렬하던 모습과는 완전히 딴판이었다.

혈의인들은 이제 불과 열네 명밖에 남지 않았지만 조금도 굴하지 않고, 오히려 여태까지보다 더욱 맹렬하게 싸움에 임하고 있었다.

혈의인들은 호리와 취의녀에게 일곱 명이, 나머지 아홉 명이 백의청년과 황의경장인 오십여 명을 상대하고 있었다.

부상을 당해서 동작이 둔해진 백의청년이 세 명의 혈의인을 상대로 팽팽한 접전을 펼치는 중이고, 여섯 명의 혈의인들이 오십여 명의 황의경장인들을 상대하면서 약간 열세에 처한 정도였다.

호리는 서두르지 않았다. 그는 이 기회를 빌어서 비전검법을 마음껏 수련해 볼 생각이었다.

자칫 실수라도 하는 경우에는 부상을 입거나 목숨을 잃을 수도 있는 판국이라서 정신을 바짝 차려야 하는 만큼, 이보다 더 확실한 수련 방법은 흔치 않을 터이다.

챙!

"악!"

그때 한 명의 혈의인이 맹렬하게 세로로 그어대는 도를 자신의 검을 들어 막은 취의녀가 나직한 탄성을 터뜨리면서 뒤로 밀려났다.

그 바람에 취의녀의 등이 호리의 등에 약간 강하게 부딪쳤다.

그렇지만 호리는 급작스러운 부딪침에도 끄떡하지 않았다.

만약 취의녀의 등이 호리의 등과 부딪치지 않았더라면, 그녀는 중심을 잃고 크게 비틀거렸거나 땅에 엉덩방아를 찧어 위험한 지경에 처했을 것이다.

그렇지만 그녀는 호리에게 고마움이나 미안한 마음을 표할 상황이 아니었다.

취의녀가 한 번 삐끗 흐름을 놓쳐 버리자 그것을 놓치지 않고 혈의인 두 명이 좌우에서 맹렬한 공격을 퍼부어댔다.

차차차창!

취의녀는 소나기처럼 쏟아지는 도를 막으려고 온몸을 흔들면서 검을 휘둘렀다.

혈의인 두 명이 쏟아내는 도에는 수천 근의 힘이 실려 있어서 만약 취의녀가 호리에게 등을 붙인 채 의지하지 않았다면 이 상황을 견뎌내기 어려웠을 것이다.

그런데 그게 문제가 아니었다. 그것 때문에 전혀 예기치 않았던 상황이 벌어졌다.

사람이 두 다리에 잔뜩 힘을 준 채 그 자리에 버티고 서서 상체를 이리저리 쉴 새 없이 움직이면서 검을 휘두르게 되면 허리에 가장 많은 힘이 들어가고, 그에 따라서 또 엉덩이를 많이 움직일 수밖에 없다.

지금 취의녀가 바로 그런 상황이었다.

그녀의 엉덩이가 호리의 엉덩이와 밀착된 상태에서 미친 듯이 좌우로 돌리고 또는 뒤로 불쑥 내밀기를 반복하자 호리는 크게 당황하여 진땀이 날 지경이었다.

호리보다 키가 작은 취의녀의 엉덩이는 호리 엉덩이 조금 아래쪽에 닿아 있었다.

말랑말랑 부드럽기도 하고, 탱글탱글 탄력있는 엉덩이가 이리 씰룩 저리 씰룩 호리의 엉덩이를 압박하고 비벼대는 데도 호리는 속수무책으로 당하고(?) 있을 수밖에 없었다.

피하자니 그 즉시 취의녀가 엉덩방아를 찧고 말 상황이라서 그럴 수도 없는 형편이었다. 그렇게 된다면 취의녀는 죽거나 큰 부상을 입게 될 것이다.

'이… 이거 참!'

호리는 자신의 엉덩이에 거의 결사적으로 비벼대는 취의녀의 엉덩이의 움직임으로 미루어 그녀가 지금 얼마나 전력을 다해 혈의인들과 싸우는 중인지 짐작할 수 있었다.

아마도 취의녀는 그 사실을 못 느끼고 있는 것 같았다. 아니, 안다고 해도 지금의 그녀로서는 어쩔 도리가 없을 터이다.

엉덩이만이 아니었다. 그녀의 두 다리와 등, 어깨가 호리의 몸 뒤쪽에 고르게 밀착돼 비벼대고 있어서 부드러운 살의 감촉과 탱탱한 근육, 그리고 가녀린 뼈의 느낌까지도 고스란히 전해졌다.

호리의 검법이 갑자기 무뎌졌다. 순전히 그의 몸 뒤에 밀착되어 비벼대는 취의녀의 움직임 때문이었다.

그중에서도 탱탱하고 몽실몽실한 엉덩이의 움직임은 그야말로 죽을 맛이었다.

그의 검법이 갑자기 주춤하면서 위력이 약해지자 반대로 그를 상대하던 혈의인들의 공격이 갑자기 거세졌다.

그렇지만 취의녀의 엉덩이 공격보다는 거세지 않았다.

그 즈음, 취의녀는 간신히 한시름 돌리고 있었다. 그녀의 검이 상대하던 두 명의 혈의인 중 한 명의 복부를 깊숙이 찔러서 주저앉혀 버렸기 때문이다.

'…아!'

한 명의 혈의인만을 상대하게 되어 정신적으로 조금 여유가 생긴 그녀는 그제야 자신의 엉덩이가 벌이고 있는 해괴한 행위를 느꼈다.

그것을 느끼고 있는 중에도 그녀는 혈의인을 상대로 검을 휘두르느라 엉덩이를 이리저리 움직이면서 호리의 엉덩이에 비벼대고 있었다.

그 순간 취의녀는 온몸의 피가 얼굴로 확 몰리면서 온몸이 나무처럼 뻣뻣하게 굳어버렸다.

갑자기 머릿속이 텅 비면서 죽을 정도로 부끄럽다는 생각밖에는 들지 않았다.

호리는 갑자기 취의녀의 동작이 뚝 정지하는 것을 느꼈다.

고개를 급히 돌리니 마침 그 순간에 그녀가 상대하고 있던 혈의인의 도가 그녀의 정수리를 향해 세로로 곧장 찍어 내리고 있는 것이 시야에 쏘아져 들어왔다.

또한 취의녀가 뻣뻣하게 굳은 채 자신의 머리를 향해 그어져 내리는 도를 올려다보고 있는 뒷모습도 보였다.

호리로서는 앞뒤 잴 여유가 없었다. 여차하면 취의녀의 머리가 쪼개질 상황이었다.

"위험해!"

찰나, 호리는 빙글 몸을 회전시키면서 왼팔로 취의녀의 허리를 안는 것과 동시에 혈의인의 도를 향해 벼락같이 칠룡검을 수평으로 베어갔다.

카각!

"끅!"

삭!

칠룡검이 혈도를 자르고 그대로 혈의인의 목까지 뎅겅 잘라 버렸다.

그렇지만 호리가 자신의 안위를 돌보지 않고 무작정 취의녀를 구하는 바람에 그 대가를 톡톡히 치러야만 했다.

그가 상대하고 있던 혈의인 중 한 명의 도가 그의 등을 비스듬히 벤 것이었다.

이것은 아까 왼쪽 어깨를 벤 것과는 느낌이 달랐다. 오른쪽 어깨에서 왼쪽 옆구리까지 불에 달군 인두로 지진 것처럼 화끈거렸으며, 등이 쪼개지는 것처럼 고통스러웠다.

"이놈들!"

호리는 왼팔로 취의녀를 안은 채 분노의 외침을 터뜨리면서 혈의인들에게 덮쳐 갔다.

분노도 분노지만, 부상이 얼마나 심각한지 알 수 없는 상태이기 때문에 위험한 상황이 닥치기 전에 혈의인들을 모두 죽여야겠다고 판단한 것이다.

비전검법의 실전 수련은 끝나고 바야흐로 호리의 진짜 실력이 와르르 쏟아져 나왔다.

쉬이잉!

호리가 휘두르는 칠룡검에서 흡사 용이 콧김을 내뿜는 듯한 용음(龍吟)이 흘러나왔다.

그는 지금 이 갑자의 공력을 모조리 주입하여 비전검법을 전개하고 있었다.

혈의인들은 물러서지 않고 도를 들어 막으면서 반격을 노리고 있었다.

그것이 그들의 마지막 실수였다.

카카칵!

칠룡검은, 아니, 칠성검은 여덟 가지 신묘한 능력을 지니고 있다. 그중 하나가 절금, 즉 쇠를 무처럼 자르는 능력이다.

거기에 이 갑자의 공력까지 실렸으니 어찌 혈의인들의 혈도가 배겨나겠는가.

칠룡검은 혈도들을 수수깡처럼 끊어버리면서 혈의인들의 목과 머리와 몸뚱이를 잘랐다.

호리가 왼팔로 취의녀를 안아 바짝 끌어당긴 상태이기 때문에 그녀는 호리의 품에 고스란히 안긴 자세가 되고 말았다.

호리의 팔의 완력은 대단했다. 취의녀가 그의 품에서 벗어나려고 몸을 뒤틀었지만 강철로 만든 틀에 갇힌 듯 요지부동 꼼짝도 할 수가 없었다.

취의녀는 총명함으로 무림에 자자한 명성을 떨치고 있는 여협(女俠)이었다.

그런 그녀가 호리의 뜻을 간파하지 못할 리 없다.

지금 그녀는 호리의 품 안에서 완벽한 안전을 누리고 있었다.

게다가 호리는 여태까지보다 더한 무위를 떨치면서 혈의인들을 주살하고 있다.

그것은 취의녀가 호리 곁에서 행동하는 것이 오히려 그에게 누가 된다는 의미인 것이다.

조금 전의 엉덩이 사건 때문에 온몸에 피가 머리로 몰릴 정도로 충격을 받았던 취의녀는 지금 그때와는 또 다른 충격에 휩싸여 있었다.

생애 최초로 사내의 품에 안겨 있는 그녀였다.

그녀의 봉긋한 젖가슴과 복부와 하체가 그 사내의 같은 부위에 밀착되어 있었다.

취의녀는 호리의 힘찬 심장 박동 소리가 자신의 젖가슴을 울리는 것을 생생하게 느꼈다.

그녀는 고개를 들고 호리의 얼굴을 올려다보면서 눈을 깜빡거렸다.

흑백이 또렷하고, 촉촉하게 젖은 듯 우수가 어렸으며, 또한 묘한 기품이 서려 있는 눈이었다.

그녀의 두 발은 땅에서 반 자 정도 허공에 뜬 상태에서 이리저리 빠르게 움직여지고 있는 상태였다.

그녀는 이상하게도 마음이 평온해지는 것을 느꼈다. 아주 오랜 예전 어린 시절에 어머니의 품에서 느꼈을 듯한 그런 평온함이었다.

그녀는 호리의 왼쪽 어깨에 가만히 뺨을 대고 사르르 눈을 감았다.

문득 그녀는 이대로 잠이 들었으면 좋겠다는 생각을 했다.

第四十九章
혁련상예

一擲賭
乾坤

　　겨울의 누렇게 마른 풀이 무릎까지 이르는 대평원에 수십 구의 처참한 시체들이 널려 있었다.
　서른일곱 구의 혈의를 입은 자들의 시체와 스물일곱 구의 황의경장을 입은 시체들이었다.
　혈의인들의 시체는 아무렇게나 여기저기 널려 있었지만, 황의경장인들의 시체는 한쪽에 나란히 두 줄로 눕혀져 있었다.
　그리고 호리가 칠룡검을 어깨의 검집에 꽂은 채 우뚝 서 있고, 그 주위에 백의청년과 황의경장인들이 금방이라도 쓰러질 듯 몹시 지친 모습으로 서 있었다.

이각여에 걸친 치열했던 싸움이 방금 끝났다.

호리가 혈의인 스물세 명을 죽였으며, 백의청년이 아홉 명, 취의녀가 세 명, 황의경장인들이 합세하여 두 명을 죽였다.

취의녀는 여전히 호리의 품에 밀착하여 안겨 있는 모습이다.

호리의 어깨에 뺨을 댄 채 눈을 감고 있는데, 어쩌면 그녀가 바라던 대로 잠이 든 것처럼 보였다.

호리는 그녀를 슬쩍 굽어보며 난감한 표정을 지었지만 가만히 있었다.

백의청년은 거친 숨을 몰아쉬다가 곧장 호리를 향해 걸어가 그 앞에 멈추었다.

이어서 포권지례를 하면서 가볍게 고개를 숙였다.

"은혜를 입었소. 고맙소."

"아!"

호리는 여전히 당당하게 서 있는데, 오히려 품속의 취의녀가 깜짝 놀라 눈을 뜨더니 황망히 호리의 품에서 벗어났다.

그녀는 얼굴을 발갛게 붉히면서 백의청년 쪽으로 서너 걸음 뒷걸음친 후 그의 곁에 고개를 숙인 채 다소곳이 섰다.

백의청년은 단지 은혜를 입었다고 말했으나 이것은 그저 은혜 정도가 아니다.

호리가 백의청년을 비롯한 모두의 목숨을 구했으니 하늘 같은 구명지은인 것이다.

그런데도 백의청년은 마치 길을 가다가 호리에게 작은 도움을 받은 것처럼 말했다.

하지만 그는 원래 공치사와 겉치레를 번드르하게 늘어놓은 성격이 아니다.

말은 그렇게 했지만, 아마도 죽을 때까지 호리의 은혜를 잊지 못할 것이고 또 갚으려 애를 쓸 터이다.

호리는 무언가 보답을 바라고 이들을 도운 것이 아니므로 백의청년이 장황하게 감사의 예의를 늘어놓든 간단하게 말하든 별로 신경 쓰지 않았다.

호리는 백의청년을 향해 그저 가볍게 고개를 끄덕여 보였을 뿐 아무 말도 하지 않았다.

아니, 그리고는 빙글 몸을 돌리더니 백의청년에게 등을 보인 채 성큼성큼 걸어가는 것이 아닌가.

백의청년과 취의녀, 황의경장인들 중에서 호리의 행동을 예상한 사람은 아무도 없었다.

사십여 명의 목숨을 구해준 은인이 가타부타 아무런 말도 없이 떠날 것이라고 뉘라서 상상이라도 했겠는가.

그중에서도 취의녀의 놀라움이 가장 컸다. 그녀는 너무 놀라서 원래 큰 두 눈을 더욱 크게 뜨고 입을 약간 벌린 채 호리의 뒷모습을 바라보았다.

호리의 등에 오른쪽 어깨에서 왼쪽 옆구리까지 한 자 반 길이로 비스듬히 새겨져서 빨갛게 피가 배어 나오고 있는 상처가 취의녀의 눈으로 아프게 파고들었다. 그녀를 구하려다가 생긴 상처였다.

놀라고 또 어이가 없어서 망연자실한 얼굴로 서 있던 백의청년은 호리가 몇 걸음 걸어가는가 싶더니 막 경공을 전개하려는 동작을 취하는 것을 발견하고는 정신이 번쩍 들었다.

"멈추시오!"

그는 급히 소리치면서 호리에게 달려갔다. 혈의인들에게 추격을 당하고 있는 상황이라 큰 소리를 내면 안 된다는 사실마저도 이 순간만큼은 잊고 있었다.

"내게 볼일이 있소?"

호리는 걸음을 멈추고 돌아서며 가볍게 의아한 표정을 지으며 물었다.

그의 말에 백의청년도, 급히 달려온 취의녀도 할 말을 잃고 말았다.

백의청년은 그제야 호리를 정면 가까이에서 자세히 살펴볼 수가 있었다.

백의청년도 키가 큰 편이지만, 호리는 그보다 반 뼘 정도 더 컸다.

수려한 이목구비에 잔잔하게 가라앉은 눈빛과 고집스럽게 꾹 다물려 있는 입술.

딱 벌어진 어깨와 잘록한 허리. 보통 사람들보다 조금 더 길어 보이는 두 팔과 쭉 곧게 뻗은 하체.

호리가 비록 허름한 무명옷을 입고 긴 머리를 하나로 질끈 묶은 모습이지만, 백의청년은 그가 비범하다는 것을 한눈에 간파했다.

모두들 호리의 헌앙한 모습에서 눈을 떼지 못하고 있지만, 그중에서도 취의녀의 눈빛은 한층 빛나고 있었다.

아까는 치열한 싸움 중이라서 자세히 살펴볼 겨를이 없었으나, 지금 보니 여자들의 가슴을 설레게 하고도 남을 정도의 준수한 기남아가 아닌가.

더구나 취의녀는 호리와 예사롭지 않은 신체적 접촉까지 나눈 특별한 관계이기 때문에 그를 보는 눈이 다른 사람들과 다를 수밖에 없었다.

그렇지만 백의청년과 취의녀가 가장 놀란 것은 호리의 나이가 아직 약관도 되지 않은 소년이라는 사실이었다.

백의청년은 자신의 무공에 대한 자부심이 대단한 사람이지만, 호리가 자신보다 훨씬 고강하다는 사실을 인정하는 데에는 인색하지 않았다.

백의청년은 인물로나 무공으로 호리에게 큰 감명을 받았기 때문에 그의 나이가 어리다는 것은 별로 개의치 않았다.

더구나 호리가 큰 은혜를 베풀고서도 사랑하지 않고 오히려 그냥 가려고 하는 점이 썩 마음에 들었다.

그것은 진정한 영웅협객들만이 할 수 있는 의연한 행동이기 때문이었다.

"나는 혁련천풍이라고 하오."

백의청년 혁련천풍은 자세를 바로 하고 포권을 하며 정식으로 자신을 소개하고 나서 취의녀를 가리켰다.

"이 아이는 내 누이동생인 혁련상예(赫連霜睿)요."

취의녀 혁련상예는 두 손을 포개어 아랫배에 대고 다소곳이 고개를 숙여 인사를 했다.

무림인들은 남녀를 막론하고 포권지례로 인사를 대신하는데, 그녀는 여염집 숙녀처럼 인사를 한 것이다.

혁련상예의 그런 모습을 보는 오라비 혁련천풍의 눈이 가볍게 빛났다.

그는 이날까지 수많은 사내들의 구애와 추파에도 외눈 하나 까딱하지 않았던 누이동생이 호리에게 호감을 느끼고 있다는 사실을 깨달았다.

혁련상예는 올해 십칠 세로 이십칠 세인 혁련천풍과는 무려 열 살 차이가 난다.

나이는 어리지만 그녀의 몸은 이미 성숙할 대로 성숙해서 무르익은 상태였다.

또한 유난히 흰 살결을 지녀서 흡사 얼굴에 뽀얀 분가루를 발라놓은 것 같았다.

아름다운 용모와 늘씬하고 풍만한 몸매를 지녔지만, 그녀를 보면서 엉큼한 생각은 별로 들지 않는다.

그것은 아마도 그녀가 눈 속에서 피어난 매화처럼 고고한 기품을 지니고 있기 때문일 것이다.

"실례지만 귀공은 누구시오?"

혁련천풍은 정중히 물으면서 시선이 무의식중에 호리의 어깨에 메어져 있는 칠룡검으로 향했다.

그가 보기에 그 섬은 무당파의 신물인 칠성검이 분명했다.

그렇다면 호리는 무당파나 선황파 사람일 텐데, 아무리 봐도 그런 것 같지는 않아서 아까부터 궁금하게 여기고 있는 중이었다.

"나는 호리요."

혁련천풍 남매의 얼굴에 똑같이 가벼운 놀라움과 의아함이 떠올랐다.

호리란 여우를 뜻하는데, 두 사람은 호리에게서 추호도 여우처럼 교활한 구석을 발견하지 못했다.

"설마 호리가 본명이오?"

호리는 빙그레 엷은 미소를 지었다.

"내 본명을 아는 사람은 그리 많지 않소. 본명보다는 호리라는 이름이 더 잘 알려져서 그것을 말한 것이오."

그렇지만 혁련천풍 남매는 물론 황의경장인들도 호리라는 이름을 지금 처음 들어봤다.

"호리 공(狐狸公)의 사문은 어디요?"

혁련천풍이 궁금한 듯 물었다. 그는 호리라는 이름을 인정하고 거기에 존칭인 '공'을 붙여 불렀다.

호리는 가볍게 고개를 가로저었다.

"사문은 없지만 사부님은 계시오."

"함장(函丈:스승)께선 어떤 분이시오?"

"조항유라는 분이시오."

혁련천풍 남매가 산동성 봉래현에 살았던 무도관 사범 출신인 조항유를 알고 있을 리가 없다.

그러나 혁련천풍은 호리가 거짓말을 한다고는 생각하지 않았다. 그럴 하등의 이유가 없었으며, 호리의 표정은 진지했다.

"호리 공, 부탁 하나 해도 되겠소?"

문득 혁련천풍의 얼굴빛이 초조해지더니 호리에게 정중히 물었다.

"무엇이오?"

호리는 큰 은혜를 베푼 사람답지 않게 선선히 되물었다.

혁련천풍은 염려하는 표정을 지으면서 누이동생을 가리켰다.

"당분간 이 아이를 맡아주겠소?"

"대가."

혁련상예가 깜짝 놀라 오라비를 바라보았다.

혁련천풍은 그녀를 무시하고 진지한 표정으로 호리에게 부탁했다.

"우리는 지금 쫓기고 있는 입장이오. 어쩌면 몰살을 당할 수도 있소. 그렇지만 이 아이만은 꼭 살리고 싶소."

"대가."

혁련상예는 눈물을 글썽거리면서 오라비를 바라보았다.

호리는 혁련천풍 등이 혈의인들에게 쫓기고, 또 당하는 것을 직접 목격했다.

그래서 혁련천풍의 말을 듣고는 저기 죽어 있는 혈의인들이 전부가 아니고, 그들의 추격이 계속 이어질 수 있음을 짐작할 수 있었다.

이쯤 되면 궁금해서라도 무슨 일이 있었느냐고 물을 법도 한데, 호리는 거기에 대해서는 한마디도 하지 않았다.

또한 호리가 돕는다면 자신들이 생존할 가능성이 있는데도 혁련천풍은 도와달라고 하지 않았다.

그것은 호리더러 죽어달라고 요구하는 것일 수도 있다. 그러므로 너무 염치없는 부탁인 것이다.

혁련천풍은 이미 호리에게 넘치도록 큰 은혜를 받았고, 또 누이동생까지 맡기는 염치없는 부탁을 하고 있으므로 언감생심 자신들을 도와달라는 말까지는 할 수가 없었다.

호리는 혁련상예를 쳐다보았다.

그녀는 눈물을 글썽이며 입술을 꼭 깨문 채 약간 고개를 숙이고 있었다.

그러더니 고개를 들고 혁련천풍을 보면서 단호한 표정으로 입을 열었다.

"소녀는 대가와 생사를 함께하겠어요."

"너……."

"우린 피를 나눈 남매예요. 게다가 아버님마저도 생사를 확인할 수 없는 상황인데 소녀 혼자만 살자고 대가를 떠날 수는 없어요."

혁련천풍의 눈빛이 가볍게 흔들렸다. 그는 가볍게 한숨을 토해내더니 이윽고 엄숙한 어조로 입을 열었다.

"아버님과 나는 생사를 장담할 수 없다. 너는 마황부주 마랑군과 마신전사들의 공격으로 전멸당한 선황파를 보았잖느냐? 그리고 그들과의 싸움에서 우리가 얼마나 맥없이 패퇴했는지 직접 겪었잖느냐?"

혁련상예는 오라비가 무슨 말을 하려는지 짐작하는 듯 가늘게 몸을 떨면서 입술을 더욱 세게 깨물었다.

'마황부? 무림오황의 그 마황부가 같은 오황인 선황파를 전멸시켰다는 것인가?'

호리는 적잖이 놀라 속으로 중얼거렸다. 하지만 얼굴은 담담한 표정을 유지하고 있었다.

혁련천풍의 얼굴이 더욱 엄숙하고 비감해졌다.

"만약 아버님과 내게 무슨 일이 생긴다면, 상아 네가 살아남아서 가문의 대를 이어야 하지 않겠느냐?"

"하지만 둘째 오라버니가 계신데……."

"너는 그가 우리 가문의 대를 이을 수 있을 것이라고 생각하는 것이냐?"

혁련천풍이 말을 자르며 냉랭하게 말하자 혁련상예는 아무 말도 하지 못했다.

"가거라. 네가 없어야 나도 마음 놓고 마황부와 싸울 수 있을 것이다."

호리는 죽어 있는 혈의인들을 쳐다보았다.

"저자들이 마황부 고수요?"

혁련천풍은 무겁게 고개를 끄덕였다.

"그렇소. 마황부의 주력인 마풍사로군이오. 이천 명으로 구성됐는데, 이번에 모두 중원으로 온 것 같소."

그의 두 눈에서 분노가 일렁거렸다.

"마랑군의 지휘로 선황파를 전멸시킨 것은 천 명의 마신전사였소. 그들은 마황부의 최정예라고 알려졌는데, 이번에 직접 싸워보니 소문보다 훨씬 더 강했소."

문득 혁련천풍은 호리의 얼굴에 더 듣고 싶지 않다는 표정이 떠오른 것을 읽고 씁쓸한 기분으로 입을 다물었다.

그는 마황부가 선황파를 전멸시켰다는 엄청난 내용의 말을 듣고도 시큰둥한 반응을 보이고 있는 호리를 이해하기가 어려웠나.

의협심이 없는 것인가?

하지만 그것은 아닌 듯했다. 의협심이 없었다면 호리가 혁련천풍 일행을 혈의인, 즉 마풍사로군으로부터 구해준 것은 무엇이라는 말인가.

결국 혁련천풍은 호리의 신분에 대해서 나름대로의 결론을 내렸다.

그가 생각하는 호리는 선황파나 무당파하고는 관계가 없으며, 무림오황이나 무림의 존망에도 별 관심이 없다. 그가 혁련천풍 일행을 구한 것은 지나가던 길에 우연히 그 광경을 목격하게 되어 즉흥적인 의협심이 생겼던 것뿐이다, 라는 것이었다.

그러므로 그에게 마황부의 침공이나 무림의 안위에 대해서 계속 설명하는 것은 무의미한 일이었다.

혁련천풍은 호리에게 다시 한 번 포권을 하며 정중하게 부탁을 했다.

"호리 공, 내 누이동생을 맡아주시겠소?"

호리는 혁련상예를 쳐다보았다.

그녀는 호리를 보면서 보일 듯 말 듯 미미하게 고개를 가로저어 보였다.

거절하라는 무언의 암시였다. 그녀는 그렇게 해서라도 오라비와 생사를 함께하고 싶은 것이었다.

호리는 다시 혁련천풍을 쳐다보았다.

"내가 어떻게 하면 되오?"

호리는 누이동생을 지극히 아끼는 오라비의 마음을 거절하기가 어려웠다.

또한 어려운 일도 아니고, 호리 자신이 조금만 도움을 주면 될 일이었다.

"호리 공은 어디로 가는 중이오?"

"낙양이오."

혁련천풍은 가볍게 반색을 하며 고개를 끄덕였다.

"그렇다면 이 아이를 낙양까지만 데려다 주시오."

"알겠소."

호리가 선선히 수락하자 혁련천풍 얼굴에는 안도의 표정이, 혁련상예 얼굴에는 착잡함이 동시에 떠올랐다.

"호리 공의 상처를 치료해 주고 싶지만 그럴 여유가 없음을 이해하시오."

호리가 불쑥 물었다.

"색혈루를 아시오?"

느닷없는 물음에 혁련천풍은 가볍게 의아한 표정을 지었다가 고개를 끄덕였다.

"잘 알지는 못하지만 대충은 아오. 왜 그러시오?"

"색혈루의 실력은 어느 정도요?"

혁련천풍은 잠시 생각하다가 자신의 수하인 황의경장인들을 보면서 대답했다.

"저들 정도면 색혈루 전체 살수와 팽팽한 일전을 벌일 수 있을 것이오."

그 말을 듣고 호리는 가슴속을 누르고 있던 짐 하나를 덜어

놓았다.

　황의경장인 오십여 명과 팽팽한 접전을 벌일 정도의 색혈루라면 더 이상 걱정하지 않아도 될 것 같았기 때문이다.

　어젯밤에 호리궁을 떠난 이후 색혈루 살수들과의 싸움에 이어서, 조금 전 마황부의 정예 고수라는 마풍사로군과 싸워본 결과 호리는 자신의 실력이 어느 정도인지 대충 가늠할 수 있게 되었다.

　사실 황의경장인 오십여 명을 합친 실력은 무림의 웬만한 중견 방, 문파 하나와 맞먹는다.

　호리는 자신의 실력으로 두어 시진 정도면 황의경장인 오십여 명을 모조리 굴복시킬 수 있을 것이라 판단했다.

　그래서 그는 이쯤에서 호리궁으로 돌아가기로 결정했다.

　하지만 그는 틀렸다.

　그의 실력이라면 황의경장인 오십여 명을 굴복시키는 데에 두어 시진까지 걸리지 않는다.

　반 시진이면 충분할 것이다.

　"더 할 말이 없으면 먼저 실례하겠소."

　혁련천풍은 말이 끝나기 무섭게 몸을 돌렸다.

　그러자 황의경장인들 모두가 호리를 향해 포권을 하면서 정중하게 고개를 숙였다.

　그것을 보면서 호리의 가슴이 약간 꿈틀거렸다. 그들에게서 호기로움과 정의감을 동시에 느꼈기 때문이다.

혁련천풍은 끝내 누이동생에게는 눈길 한 번 주지 않고 황의경장인들을 인솔하여 서둘러 그 자리를 떠났다.

그들이 떠난 자리에는 호리와 혁련상예, 그리고 수십 구의 시체들만 남았다.

슥—

호리는 몸을 돌려 관도 쪽으로 몇 걸음 걸어가다가 경공을 전개하여 신형을 날렸다.

당연히 혁련상예가 따라올 것이라고 생각했는데, 뒤에서 그녀의 기척이 들리지 않았다.

그래서 신형을 멈추고 돌아보자 그녀는 아까 그 자리에 선 채 혁련천풍이 간 방향을 바라보고 있었다.

호리는 그녀의 표정이 몹시 복잡한 것을 발견했다. 지금이라도 오라비를 따라갈 것인지 말 것인지를 갈등하고 있는 것이 분명했다.

필경 그녀는 죽음 따윈 두려워하지 않을 것이다. 다만 '너라도 살아서 가문의 대를 이어라' 라는 오라비의 당부 때문에 괴로워하고 있으리라.

호리는 그 자리에 서서 잠시 그녀를 기다렸다. 직접 가서 상제로 데려오고 싶은 마음 같은 것은 없었다.

그녀가 어떤 결정을 내리더라도 존중할 생각이었다. 만약 호리가 그녀 입장이라고 해도 갈등할 것이다.

문득 혁련상예가 호리를 바라보았다. 호리는 그녀가 복잡한 표정을 지으면서 동공이 가볍게 일렁이고 있는 것을 똑똑하게 봤다.

아마 그녀는 호리가 대신 결정해 주기를 원하는 듯했다.

호리가 그녀를 기다리지 않고 떠나 버린다면, 그녀는 한결 가벼운 마음으로 오라비를 따라갈 것이다.

그러나 호리는 그러고 싶은 마음이 없었다. 혁련천풍과의 약속 때문이 아니었다. 어려서부터 모든 결정을 스스로 해온 호리는 다른 사람의 결정을 존중하는 습관이 생겼다. 단지 그 이유뿐이었다.

이윽고 혁련상예가 가볍게 한숨을 토해냈다. 한숨 소리가 호리의 귀에도 똑똑하게 들렸다.

이후 그녀는 몸을 돌려 호리를 향해 천천히 걸어오다가 경공을 전개했다.

호리와 혁련상예는 강가의 누런 갈대숲 사이에 나란히 서서 강을 바라보고 있었다.

강에는 크고 작은 많은 고기잡이배들과 상, 하류를 오가는 배들이 떠 있었다.

그중에서 유독 날렵한 배 한 척이 눈에 띄었다.

호리궁이었다.

밤사이에 못 봤을 뿐인데도 호리궁을 발견하자 호리는 반가운 마음에 가슴이 작게 설레기까지 했다.

호리궁은 호리가 혁련천풍과 헤어진 곳으로부터 낙수의 이십여 리 하류를 흘러내려 가고 있는 중이었다.

돛은 하나만 편 상태였다. 그것을 발견한 호리는 철웅과 은초가 천천히 가면서 자신을 기다리고 있음을 깨닫고 가슴이 훈훈해졌다.

혁련천풍과 헤어져서 이곳 강변까지 이십여 리를 오는 동안 호리는 혈의인들, 즉 마풍사로군 무리를 모두 세 차례나 목격했었다.

세 무리의 마풍사로군은 수색을 하는 듯 날카롭게 주위를 살피면서 낙수 상류 쪽으로 이동하고 있었다.

호리는 일부러 그들과 부딪칠 필요도 없었고, 눈에 띄면 곤란해질 것 같아 그때마다 몸을 숨기거나 멀리 돌아 피해서 지나왔다.

슈욱!

호리는 신형을 날려 갈대숲을 벗어나 곧장 호리궁을 향해 일직선으로 쏘아갔다.

곁에 서 있던 혁련상예는 깜짝 놀랐다. 호리가 갑자기 강물로 뛰어들었기 때문이다.

그런데 그는 발끝으로 살짝살짝 수면을 박차면서 물 위를 달려가는 것이 아닌가.

'일위도강(一葦渡江)!'

혁련상예는 놀라서 속으로 외쳤다. 그러나 그녀는 곧 고개를 가로저었다.

일위도강은 갈댓잎 하나를 밟고 강을 건너는 경공의 절정 수법이다.

그런데 지금 호리는 갈댓잎 따윈 아예 밟지도 않고 그저 두 다리를 교차하면서 발끝으로 한 번 수면을 박찰 때마다 삼사 장씩이나 도약하면서 쏜살같이 달리고 있는 것이다.

혁련상예는 무림에 맨몸으로 물 위를 달리는 고수가 있다는 말도, 그런 수법이 있다는 것도 들은 기억이 없었기 때문에 호리를 보면서 놀라움을 금치 못했다.

그나저나 저렇게 혼자 내빼면 나는 어떻게 하라는 말인가? 하는 표정을 지으면서 그녀는 착잡한 심정이 되었다.

그때 수십 장을 질주하던 호리가 뒤늦게 혁련상예를 돌아보고는 다시 되돌아오기 시작했다.

사실 그는 지금 자신이 전개하고 있는 청점활비가 얼마나 놀라운 경공법인지 모르고 있다.

그래서 웬만한 사람들은 다 펼칠 수 있을 것이라고 여겼던 것이다.

"왜 따라오지 않는 것이오?"

호리는 혁련상예 앞에 내려서서 의아한 얼굴로 물었다.

혁련상예는 그의 물음에 즉답을 할 수가 없었다. 그의 말뜻을 이해하기 어려웠기 때문이다. 결국 그녀는 가장 단순하게 생각을 했다.

"소녀는 물 위를 달릴 수 없어요."

호리는 고개를 갸웃거렸다.

"물이 무섭소?"

혁련상예는 또다시 그의 말을 이해하지 못했지만 그 역시 단순하게 받아들여서 단순하게 대답했다.

"소녀의 무공이 약해서 물 위를 달리지 못해요."

그제야 호리는 제대로 알아듣고 왼팔을 내밀었다.

"그렇다면 내가 낭자를 안고 가도 되겠소?"

혁련상예는 대답하지 못하고 얼굴을 노을처럼 붉히면서 고개를 숙였다.

이번에는 단순하게 생각하는 것도, 단순하게 대답하는 것도 어려웠다.

여자에 대해서는 숙맥인 호리는 그녀가 허락하기를 잠시 기다리기로 했다.

하지만 혁련상예는 호리가 알아서 해주기를 기다렸다. 이른바 동상이몽(同床異夢)이었다.

아까 두 사람은 여러 차례 신체 접촉을 했었지만, 그것은 어디까지나 치열하게 싸우는 도중이고 목숨이 걸린 상황이라서 어쩔 수가 없었다.

그러나 지금은 그때와는 상황이 전혀 다르기 때문에 두 사람은 어정쩡한 상태에서 말없이 서 있기만 했다.

그렇게 약간의 시간이 흘렀다. 문득 호리는 고개를 숙이고 있는 혁련상예의 뺨이 발갛게 상기되어 있는 것을 발견하고는 그녀가 수줍어서 대답을 못한다는 사실을 깨달았다.

낯선 소녀의 허리에 팔을 두르고 안고 가야 하는 호리의 마음도 편치가 않았다. 하지만 언제까지 이렇게 서 있을 수는 없는 노릇이었다.

슥!

"아!"

호리가 가타부타 말도 없이 왼팔을 뻗어 가느다란 허리를 덥석 안자 그녀는 화들짝 놀라며 나직한 탄성을 터뜨렸다.

휘익!

순간 호리가 강을 향해 번쩍 신형을 날렸다.

"아!"

그러자 혁련상예는 다시 한 차례 탄성을 터뜨려야만 했다.

호리가 자상하게 그녀를 안은 것이 아니라 왼팔로 그녀의 허리만 달랑 안은 상태였기 때문에, 신형을 날리자 상체가 뒤로 확 젖혀져 버린 것이다.

그녀는 깜짝 놀라 두 팔로 급히 호리의 목을 끌어안았다.

그 바람에 그녀의 입술이 호리의 뺨에 닿았다. 아니, 닿은 정도가 아니라 도장을 찍듯이 뺨에 꾹 눌려졌다.

순간 물 위를 달리던 호리가 움찔하더니 발이 물속으로 푹 빠져들어 갔다.

뺨에 기습적인 입맞춤을 당한 바람에 놀라서 공력이 흩어져 버린 것이다.

혁련상예는 본의 아니게 호리의 뺨에 입맞춤을 한 것 때문에 깜짝 놀랐지만, 다음 순간 갑자기 몸이 아래로 쑥 꺼지듯이 내려가자 본능적으로 더욱 힘주어 호리의 목을 끌어안으며 매달렸다.

두 사람의 몸은 순식간에 허리까지 물속에 빠져들었다.

그러나 호리는 재빨리 발바닥으로 공력을 뿜어내 발아래쪽 물을 단단하게 만들어 그것을 딛고 물 위로 솟아올라 아무 일 없다는 듯 다시 달리기 시작했다.

혁련상예는 자신의 본의 아닌 입맞춤 때문에 호리가 공력이 흩어져서 물속에 빠졌다는 사실을 짐작하고 미안해서 어쩔 줄 몰랐다.

그렇지만 상체가 뒤로 젖혀지기 때문에 호리의 목을 감은 두 팔을 풀 수는 없었다.

다만 자신의 입술이나 뺨이 또다시 그의 얼굴에 닿지 않으려고 노력했다.

철웅은 호리궁을 몰면서도 좌우의 선실 창밖을 살피는 일을 세을리 하시 않았나.

아니, 배를 모는 것보다는 창밖을 살피는 일에 더 열중하고 있었다.

물론 호리가 돌아오는지 발견하기 위해서인데, 눈이 빠지도록 둘러봐도 호리의 모습은 보이지 않아 철웅의 애만 바짝바짝 타 들어가고 있었다.

호리가 호리궁을 떠나면서 배를 멈추지 말고 계속 가라고 해서 철웅은 그대로 따랐다.

다만 호리가 보는 데서는 돛을 다 폈었지만, 잠시 후 배를 가장 천천히 가게 하는 선수의 작은 소장범 하나만 편 채 평소 호리궁 속도의 사분의 일에도 못 미치는 속도로 줄곧 이동해 왔다.

그래도 멈추지 말고 가라는 호리의 말은 어기지 않았다고 생각하는 철웅이었다.

문득 철웅은 어젯밤에 호리궁을 습격했던 열 명의 흑의복면인들을 떠올렸다.

커다란 연을 타고 밤하늘을 날아서 호리궁을 습격하다니, 소름 끼치도록 무서운 자들이었다.

은초의 말에 의하면 앞으로도 그자들이 계속 공격을 할 것이고, 그렇기 때문에 호리가 철웅과 은초를 보호하기 위해서 혼자서 처리하겠다고 호리궁을 떠났다는 것이다. 그래서 그자들을 다 처치한 후에야 돌아온다고 했다.

쿵! 쿵!

"밥통! 끝까지 말렸어야지, 호리를 혼자 보내다니!"

철웅은 주먹으로 제 머리를 마구 때리면서 자신을 꾸짖었다.

"나쁜 자식! 어쩌면 호리에게 큰 변고가 생겼을지도 모르는 판국에 저 혼자만 수련을 하다니……."

그는 또 중간층으로 내려가는 입구를 쏘아보며 애꿎은 은초를 원망했다.

그때 무심코 오른쪽 선실 창밖을 내다보던 철웅의 눈이 커다랗게 떠졌다.

"호… 리!"

호리가 한 여자를 안고 고깃배들 사이로 바람처럼 달려오고 있는 모습을 발견한 것이다.

"호리야!"

철웅은 크게 외치며 선실 밖으로 달려나갔다.

"호리가 돌아왔어?"

그의 고함 소리를 듣고 은초도 허겁지겁 선실로 올라왔다.

척!

호리는 수면을 박차고 비스듬히 솟구쳐 호리궁의 앞 갑판에 가볍게 내려섰다.

"으헝! 호리야! 무사히 돌아왔구나!"

지금 철웅 눈에는 호리밖에 보이지 않았다. 그는 상처 입은 곰 같은 울음을 꺼이꺼이 터뜨리면서 두 팔로 와락 호리를 끌어안았다.

철웅은 덩치만 산처럼 클 뿐 순박하기 짝이 없고 겁이 많으며 한없이 눈물이 많은 여린 성격이었다.

혁련상예

그는 눈물 콧물을 흘리면서도 큰 소리로 웃으며 호리를 번쩍 안아 들고 빙글빙글 돌렸다.

"우핫핫! 반갑다, 호리야!"

한발 늦게 선실 밖으로 나온 은초는 철웅이 호리뿐 아니라 낯선 소녀 한 명까지 안고서 빙빙 돌리며 울다가 웃는 것을 보고 그의 뒤통수를 냅다 갈겼다.

딱!

"그만둬, 멍청아!"

호되게 갈겼지만 철웅은 아픈 시늉도 하지 않았다. 그렇지만 그의 동작을 멈추게 할 수는 있었다.

"어……"

그제야 자신이 안고 있는 사람이 호리 혼자가 아니라는 사실을 발견한 철웅은 멀뚱한 얼굴이 됐다.

신경이 좀 무딘 편인 그는 언제나 한 걸음 늦게 눈앞의 사태를 깨닫는 편이다. 그것은 지금이라고 다르지 않았다.

"우왓!"

그는 소스라치게 놀라 두 사람을 팽개치듯이 내려놓고 뒤로 물러났다.

"나, 낭자는 누군데 나한테 안긴 겁니까?"

딱!

"인마! 말은 똑바로 해라! 네가 다짜고짜 덥석 안은 거지, 저 낭자가 안긴 거냐?"

은초의 주먹은 언제나 정확한 시점에 작렬한다.

"그… 런가?"

또 한 걸음 늦게 당황함과 부끄러움과 미안함이 한꺼번에 몰려온 철웅은 어떻게 해야 할지를 몰라 얼굴만 벌겋게 붉힌 채 전전긍긍했다.

그렇지만 누구보다 놀란 사람은 혁련상예였다.

호리가 강을 가로지르기에 그저 강을 건널 것이라고만 짐작했었는데, 느닷없이 강 한복판에 떠 있는 배 위로 뛰어오르는 것이 아닌가.

그뿐이 아니라 곰처럼 생긴 사내가 다짜고짜 덥석 안고 빙글빙글 돌리면서 눈물 콧물을 흘려대니, 놀라지 않을 여자가 어디에 있겠는가.

혁련상예는 아직 상황 파악이 되지 않은 표정이었다. 그녀는 여전히 호리의 품에 안겨 있고, 두 팔로 그의 목을 감고 있는 상태였다.

호리가 아직도 자신의 허리를 안고 있는 것이 그저 고마울 따름이다.

철웅과 은초는 놀랍고도 어리둥절한 표정으로 혁련상예를 쳐다보고 있었다.

그때 은초의 시선이 혁련상예의 하체로 향했다.

최고급 비단으로 만든 바지가 물에 흠뻑 젖어서 살에 찰싹 달라붙어 하체의 굴곡이 고스란히 드러난 상태였다.

더구나 얇은 비단이라서 길고 늘씬한 두 다리의 뽀얀 살이 그대로 내비쳤으며, 팽팽하고 탄력있는 엉덩이까지 여실히 드러났다.

더구나 그녀는 호리를 마주 보고 그의 품에 안겨 있는 자세이기 때문에 은초와 철웅을 등지고 있는 상태였다.

역시 이번에도 한발 늦은 철웅은 시선을 혁련상예의 엉덩이에 고정시켰다.

"꿀꺽!"

그때 물색없는 철웅이 자신도 모르게 마른침을 삼켰다.

혁련상예는 그 소리에 이상한 분위기를 느끼고는 가만히 뒤돌아보다가 철웅과 은초의 시선이 자신의 엉덩이에 못 박혀 있는 것을 발견했다.

그녀의 시선이 자신의 엉덩이로 향했다.

"꺄악!"

순간 그녀는 뾰족한 비명을 지르며 얼굴을 호리의 품에 파묻어 버렸다.

여자가 이런 상황에 처하게 되면 보통 두 가지 행동을 보이기 마련이다.

공격적인 여자는 격분하여 철웅과 은초를 응징할 테고, 기품 있는 여자는 부끄러워서 호리의 품으로 파고드는 것인데 그녀는 후자 쪽이었다.

그러나 호리는 오히려 그녀를 품에서 떼어내고 선실 안으로 들어가며 중얼거렸다.
"철웅아, 배고프다."

 호리궁은 방향을 급선회하여 다시 상류로 거슬러 오르기 시작했다.
 호선이 아직도 돌아오지 않은 것을 알게 된 호리는 그녀와 헤어졌던 곳으로 되돌아가서 찾아볼 생각을 한 것이다.
 낙양에 가는 것도 중요하지만, 호선을 찾아서 함께 가는 것도 중요했다.

第五十章
마풍사로군

一擲賭乾坤

"언제나 느끼는 것이지만 너는 정말 독종이다, 독종."

은초는 웃통을 벌거벗은 채 책상다리를 하고 침상에 앉아 있는 호리 뒤에 앉아 그의 등에 생긴 검상(劍傷)에 약을 발라 주면서 눈살을 잔뜩 찌푸렸다.

"죽을 정도의 중상은 아니지만, 뼈까지 다쳤으니 지독하게 아팠을 텐데 어떻게 참았냐?"

호리는 상의를 걸치면서 대수롭지 않게 대꾸했다.

"참지 않으면 어쩔 건데?"

그 말에 은초는 말문이 딱 막혔다.

호리의 말은 별것 아닌 것 같으면서도 정답이었다. 그 상황에서 참지 않으면 어떻게 할 텐가? 아프다고 오만상을 쓰면서 징징 울기라도 하든가, 혁련상예를 붙잡고 치료해 달라고 부탁이라도 했어야 한다는 말인가.

치료할 수 있는 상황인데도 치료를 하지 않고 억지를 쓰면서 버틴 것이 아니다.

상처가 깊어서 생명에 지장이 있다던가 움직이지 못하는 상황이라면 어떻게든 대처를 했겠지만, 이 정도 상처는 능히 참을 수 있었다.

"그런데… 저 낭자, 대체 누구냐?"

방을 나가려는 호리의 옷자락을 뒤에서 슬쩍 잡아당기면서 은초가 물었다.

"몰라."

호리는 고개를 가로저으면서 방을 나갔다.

"모른다고? 모르는 낭자를 호리궁으로 데려온 거야? 지금 그걸 나더러 믿으라는 거냐?"

남의 일에는 일체 관여하지 않으며, 남의 어려움에 대해서도 언제나 외면으로 일관해 온 호리를 너무도 잘 알고 있는 은초이기에 지금 호리가 하는 말을 이해하기가 어려웠다.

"낙양까지 데려다 달라는 부탁을 받았다. 그러니까 낙양에 도착하여 내려주면 끝이다."

호리는 자신의 방을 나와 주방으로 걸어가며 설명했다. 주방에서 혁련상예가 무언가 하고 있었지만, 그녀가 듣든 말든 개의치 않았다.

"너희가 궁금해야 할 것은 하나도 없다. 며칠 후면 떠날 사람이니까."

탁탁탁탁—

주방에서 뭔가를 자르고 있던 혁련상예의 칼질이 뚝, 멈췄다가 잠시 후에 다시 들려왔다.

그녀의 얼굴에는 서운한 표정이 잔물결처럼 떠올라 있었지만, 주방을 지나가는 호리와 은초를 등지고 서 있었으므로 그들의 눈에는 띄지 않았다.

호리는 선실로 올라가고, 은초는 계단 옆에 서서 물끄러미 혁련상예를 쳐다보았다.

문득 은초는 눈을 반개했다. 눈부심을 느꼈기 때문이다.

'아름답다……!'

속으로 중얼거리다가 고개를 가로저었다.

'아니, 아름답기도 하지만 다른 느낌이 더 강해… 그게 뭔지는 모르겠지만……'

은초는 혁련상예에게서 고결함과 청순함이 풍겨나는 것을 어렴풋이 느끼면서도 그것의 실체를 꼭 집어내지는 못했다.

천하제일미라는 뜻의 구주일미인 호선을 보고서도 그저 '예쁘다'라고만 여길 정도의 은초가 혁련상예를 보면서 넋을 잃고 있는 것이다.

혁련상예는 따가운 시선을 느끼고 살며시 옆을 바라보았다.
그녀의 시선 끝에 은초가 입을 반쯤 벌린 채 멍한 얼굴로 이쪽을 쳐다보며 서 있었다.
혁련상예는 은초가 자신에게 뭔가 볼일이 있는 것이 아닐까 하고 생각했다.
그래서 얼굴을 붉히면서 다소곳이 선 채 은초를 마주 바라보며 그가 입을 열기를 기다렸다.
은초는 넋이 나간 상태라서 그녀가 자신을 바라보고 있다는 사실을 조금 지나서야 깨달았다.
"앗! 죄… 죄송!"
그는 허둥대면서 급히 몸을 돌리다가 계단 모서리에 이마를 부딪치고 말았다.
꿍!
이마가 쪼개지는 듯한 통증보다, 그녀 앞에서 창피하게 비명을 질러서는 안 된다는 생각이 더 빠르게 뇌에 전달됐다.
그는 어금니를 악물고 참으면서 최대한 당당하게 걸어서 수련실로 들어갔다.
문을 닫은 그는 부리나케 구석으로 달려가 쓰러지듯이 웅크리고 앉아 손바닥으로 미친 듯이 이마를 문지르며 신음을 흘렸다.
"으으으… 대가리 깨지는 줄 알았네……."
그러나 그의 신음은 주방에서 다시 칼질을 시작한 혁련상예의 귀에 고스란히 전해졌다.

은초는 팔십 년 공력의 고수가 최소한 백 장 밖에서 낙엽 하나가 떨어지는 소리까지 감지해 낼 수 있다는 사실을 모르고 있었다.

"풋!"

혁련상예는 손으로 입을 가리며 나직이 웃었다.

그러다가 갑자기 눈을 깜빡거리더니 눈물을 펑펑 흘리기 시작했다.

그녀가 썰고 있던 것은 옥총(玉葱:양파)이었고, 그녀의 손에 잔뜩 묻어 있던 매운 옥총 즙이 눈에 들어간 것이다.

앞 갑판으로 나간 호리는 왼쪽 강변을 쳐다보면서 어디쯤 왔는지 가늠을 해보았다.

강변의 풍경을 보니 호선과 헤어졌던 낙녕현까지는 아직도 십여 리 정도 더 가야 할 것 같았다.

그가 다시 선실로 들어가자 혁련상예가 막 선실로 올라오고 있었다.

"저……"

그녀는 신실로 올라와 호리 앞에 다소곳이 서서 조심스럽게 말문을 열었다.

호리 앞에만 서면 이상하게도 얼굴이 빨개지고 숨이 가빠 오면서 머릿속이 텅 비는 것 같은 그녀였다.

"뭐요?"

반면에 호리는 무뚝뚝하게 내뱉었다. 지금 그의 머릿속은 호선에 대한 걱정으로 가득했다.

혁련상예는 비록 호리를 만난 지는 오래지 않으나, 그가 겉으로는 무뚝뚝한 것 같지만 속은 그렇지 않다는 사실을 어느 정도 간파하고 있었다.

철웅은 타기를 잡은 채 궁금한 얼굴로 힐끔힐끔 뒤돌아봤다.

"식사하세요."

혁련상예는 공손히 고개를 숙였다.

'식사?'

호리와 철웅은 똑같이 의아한 표정을 지었다.

호리는 혁련상예가 주방에서 요리를 하고 있는 모습을 직접 봤기 때문에 그녀가 식사 준비를 하고 있다는 것을 이미 알고 있었다.

그러니까 식사 준비가 끝났다는 것을 모두에게 알리려면 그녀가 굳이 선실까지 올라오지 않고 주방에서 약간 소리를 높여서 말하기만 해도 될 일이다.

그런데 선실까지 올라와서 단정한 자세와 깍듯한 예의를 갖추어 식사를 알렸다.

그런 것에 익숙하지 않은 호리와 철웅이지만 대접을 받는 것 같아서 기분이 나쁘지는 않았다.

"있는 재료로 만들어봤어요. 맛이 없더라도 많이 드세요."

음식을 차려놓은 탁자 옆에 다소곳이 선 혁련상예가 공손히 고개를 숙였다.

탁자에는 호리와 은초가 마주 앉아 있었다. 은초는 황송하고도 감격한 표정을 감추지 못하고 연신 설레발을 떨었다.

"캬아~! 먹어보기도 전에 냄새가 환상적이로군요! 감사히 먹겠습니다!"

그러는 사이에 호리는 이미 식사를 시작하고 있었다.

혁련상예는 한쪽에 서서 약간 긴장한 듯한 표정으로 호리의 반응을 살폈다.

보통 사람들은 요리가 맛있거나 맛없으면 즉시 표정이 조금이라도 변하기 마련이다.

그런데 호리의 표정에는 변화가 없었다.

오히려 은초가 엄지손가락을 치켜세우고 입에서 씹던 조각들을 뿜어내면서 칭찬을 아끼지 않았다.

"역시 최곱니다! 나는 이렇게 맛있는 요리는 생전 처음 먹어봅니다!"

혁련상예는 은초에게 살짝 미소를 지어 보이고는 다시 호리를 바라보았다.

그렇지만 호리는 그녀가 한동안 자신을 바라보다가 이윽고 몸을 돌려 다시 주방의 요리대로 갈 때까지 무표정하게 묵묵히 먹기만 했다.

다시 무엇인가를 만들고 있는 혁련상예의 등을 향해 망설이던 은초가 위로의 말을 던졌다.

"낭자, 호리에게 어떤 반응을 기대하는 것은 포기하십시오. 쟤는 원래 쓰다 달다 말이 없는 성격입니다."

그 말은 혁련상예에게 충분한 위로가 되었다.

사실 그녀가 만든 요리는 맛있지도 맛없지도 않았다. 그저 먹어줄 만한 정도였다.

명문가의 외동딸인 그녀는 최고의 요리사들이 만들어서 바치는 요리들만 먹으며 이 날까지 살아왔다.

하지만 그녀의 어머니는 여자가 갖추어야 할 기본적인 것들을 틈틈이 딸에게 가르쳤다.

그중에는 당연히 요리도 끼어 있었다. 평소에 갈고닦은 실력을 이곳에서 발휘하고 있는 것이었다.

호리궁은 낙녕현 포구로 미끄러지듯 들어와 정박했다.

"소녀도 가겠어요."

호리가 호리궁에서 내리려고 하자 혁련상예가 기다렸다는 듯이 따라나섰다.

누구도 자신의 의지를 꺾을 수 없다는 듯 단호한 어조였고, 표정이었다.

그동안 있는 듯 없는 듯 한마디도 하지 않고 있던 그녀가 지금은 당당하게 자신의 뜻을 밝히고 있다.

"호리가 가는 곳은 위험할지 모르니 낭자는 이곳에 계시는 것이 좋겠습니다."

막 굴러먹던 은초가 혁련상예와 한 시진 남짓 한 배에 타고 있더니 예절이 전염된 듯, 제 딴에도 예절을 차리려고 짐짓 정중한 몸짓과 말투로 그녀를 만류했다.

그러나 혁련상예는 입을 꼭 다문 채 뱃전으로 걸어가는 호리 뒤를 바짝 따르기만 했다.

호리는 굳이 그녀를 만류하려 들지 않았다. 만약 그녀를 놔두고 갔다가 마풍사로군이란 자들이 호리궁에 들이닥치는 사태가 벌어진다면, 그녀는 꼼짝 못하고 당할 수밖에 없을 것이기 때문이다.

"철웅, 배를 강 가운데로 몰고 가서 정박해 있어라."

호리는 그렇게 지시하고 배에서 뛰어내렸다. 강에는 고기잡이배들과 상, 하류를 오가는 배들이 많았기 때문에 포구보다는 안전할 것 같다는 판단이었다.

선양현과 낙녕현 인근에서는 마황부가 선황파를 전멸시키고, 마풍사로군이 잔존 세력을 추격하는 등 난리가 벌어지고 있었지만 평민들의 일상적인 생활은 여느 때와 변함이 없는 듯했다.

포구에 내려선 호리가 대로 쪽으로 신형을 날리자 혁련상예도 뒤처질세라 경공을 전개하여 바짝 따랐다.

철웅과 은초는 말보다 빨리 달리는 혁련상예를 보면서 적잖이 놀라는 표정을 지었다.

그녀가 검을 메고 있어서 무림인일 것이라고는 짐작하고 있었지만 그녀의 고결하고 청순한 모습, 그리고 조용조용한 행동거지로 미루어 그저 자신의 한 몸 정도 보호할 만한 수준일 것이라고 지레 추측을 했었다.

그런데 지금 그녀가 경공을 전개하는 광경을 보니 고수도 보통 고수가 아닌 것 같았다.

'완벽해! 정말 훌륭한 여자야!'

은초는 멀어져 가는 혁련상예를 황홀한 표정으로 쳐다보며 감탄을 거듭했다.

호리는 빠르게 달리면서 포구 주변의 주루들을 날카롭게 쓸어보았다.

호선을 마지막으로 본 것은, 그녀를 추격하던 개방 낙녕분타주 풍호개와 함께 그자의 배에 타고 있는 모습이었다.

호선을 찾으려면 먼저 풍호개를 찾아야 하는 것이 순서일 듯했다.

어젯밤 호리궁이 낙녕포구를 떠날 때 호리는 포구에서 풍호개와 거지들이 나누는 대화를 빠짐없이 똑똑히 들었었다.

풍호개는 수하 노탁이라는 자에게 호리 일행이 한수에서 낙수까지 육로로 왔다고 보고했었는데 어떻게 배를 타고 갈 수가 있느냐면서 호통을 쳤었다.

그로 미루어 개방 거지들은 한수에서부터 줄곧 호리 일행을 추적하고 있었던 것이 분명했다.

아니, 그게 아니다.

풍호개는 호리가 항주성의 사기꾼인데 어떻게 색혈루의 살수들을 검풍으로 죽였느냐면서 몹시 놀라워했었다.

그것은 어쩌면 개방 거지들이, 아니, 개방 거지들에게 추적을 명령했을 배후 인물이 항주성에서부터 호리 일행을 추적했을 수도 있다는 가능성을 내포하고 있는 말이다.

호리는 이십여 일 전에 자신들을 추적하다가 한바탕 난리를 벌였던 배후 인물과 개방 거지들을 사주한 지금의 배후 인물이 다를 것이라고 생각했다.

지금의 배후 인물이 무림제일의 정보망과 조직망을 보유하고 있는 개방에 추적을 시켰으면서도 또다시 야귀방 같은 방파들에게 대거 청부했을 리는 없다고 판단했기 때문이다.

무림 구파일방의 하나인 개방을 부릴 수 있을 정도의 배후 인물이 과연 누군지 호리는 궁금해졌다.

그런데 희한한 일이었다. 아무리 살펴봐도 포구에 개방 거지들이 한 명도 보이지 않았다.

호리는 개방 일개 분타의 거지들 수가 최소한 오십 명은 된다는 사실을 예전에 하오문도들에게 들어서 알고 있다.

아침 사시(巳時:오전 10시)면 개방 거지들이 가장 활발하게 활동할 시간인데도 그들이 눈에 띄지 않는다는 것은 분명히 이상한 일이었다.

포구에 이어서 대로도 마찬가지였다. 주루나 객잔은 물론, 어디에서도 개방 거지들이 보이지 않았다.

그것은 호리로 하여금 한 가지 상상을 하게 만들었다.

마침내 배후 인물이 당도하여 호선과 싸움이 벌어졌을 것이라는 추측이었다.

그래서 호선도 돌아오지 않고, 거리에 개방 거지들이 한 명도 보이지 않는 것이다.

막상 그렇게 생각을 하자 그것이 확실할 것 같은 판단 때문에 더 이상 다른 가능성은 하나도 떠오르지 않았다.

호리는 대로의 끝자락에 서서 반대쪽을 바라보았다.

이런 상황에서는 도대체 어떻게 해야 할지 아무것도 생각나지 않았다.

사기나 협잡에 대한 경험이나 잔꾀는 무궁무진할지 몰라도, 정작 호선을 찾아내거나 위험에 처했을지 모르는 그녀에게 도움의 손길을 뻗어주지 못하고 있는 호리였다.

문득, 호선과 헤어지기 직전의 일이 생각났다.

그녀는 자신이 실수로 깨물었던 호리의 음경이 괜찮으냐면서 한번 보자고 그의 괴춤으로 손을 뻗었었고, 놀란 호리는 엉겹결에 그녀를 세차게 밀어 엉덩방아를 찧게 만들었다.

그때 그를 바라보던 그녀의 얼굴에는 커다란 실망이, 두 눈에는 배신감이 역력했었다.

'바보 같은 놈!'

호리는 그런 어처구니없는 행동을 했던 자신에 대해서 불같은 화가 치밀었다.

그녀가 음경을 보겠다고 괴춤에 손을 뻗었을 때, 자연스럽게 웃으면서 못하게 하는 방법이 얼마나 많았겠는가.

그런데 어째서 꼭 그런 과격한 반응을 보여서 호선에게 마음의 상처를 입혔는지 후회막급이었다.

설사 그녀에게 음경을 보여주면 또 어떻다는 말인가.

그녀가 다른 뜻으로 음경을 보자고 한 것도 아닌데 말이다.

아니, 다른 뜻이 있었다고 한들 또 어떤가.

이미 두 사람은 서로의 몸을 보여주고 말고 할 사이가 아니지 않은가.

대로의 끝을 응시하는 호리의 가슴 밑바닥에서 무엇인가 울컥! 하고 치밀었다.

그러더니 그것이 온몸으로 잔물결처럼 빠르게 퍼져 갔다.

그것은 호리의 머리와 가슴을 가장 심하게 두들겨서 잠시 동안 그를 멍하게 만들었다.

그리고 그 순간 그는 깨달았다.

자신이 호선을 너무도 사랑하고 있다는 사실을…….

한 시진이 지났을 때, 호리와 혁련상예는 낙녕현 인근을 살

샅이 뒤지고 나서 다시 포구에 돌아와 있었다.

 한 시진 동안 헤맸지만 호선은 물론 개방 거지들도 발견하지 못했다.

 대신 여러 곳에서 처참하게 죽어 있는 시체들 수백 구를 발견했다.

 혁련상예는 그 시체들이 선황파와 그들이 거느리고 있는 인근의 방, 문파들 고수들이라고 설명했다.

 그리고 두 군데에서 황의경장인 삼십여 구의 시체와 한 군데에서 금의경장인 이십여 구의 시체를 발견했을 때, 혁련상예는 심각한 얼굴로 시체들을 일일이 살펴보았다.

 호리가 보기에 황의경장인들은 오늘 아침에 혁련상예와 헤어졌던 황의경장인들과 같은 복장이었다.

 그렇지만 혁련천풍과 함께 떠났던 황의경장인들은 아니었다.

 눈썰미가 좋은 편인 호리는 그 당시 함께 싸웠던 황의경장인들의 용모를 대충 기억하고 있는데, 그곳에서 그들의 시체는 발견되지 않았다.

 혁련상예는 금의경장인들의 시체를 살피고 나서 호리가 묻지도 않았는데 그들이 부친과 함께 있던 호위고수들이라고 짧게 설명했다.

 그로 미루어 그녀는 시체들 속에 혹시 있을지도 모를 부친을 찾았을 것이라고 호리는 추측했다.

또한 호리는 한 시진 동안 자신이 발견한 시체들이 마풍사로군 고수들에게 당했을 것이라고 판단했다.

시체들을 죽인 수법이 호리와 싸웠던 마풍사로군의 독특한 수법이거나 그와 흡사한 수법이었던 것이다.

선황파나 혁련상예가 속한 문파의 황의경장인들 시체 십여 구에 마풍사로군 시체 한 구 정도가, 선황파가 거느린 방, 문파 고수들의 시체 이십여 구에 마풍사로군 시체 한 구 꼴로 발견되었다.

그로 미루어 마풍사로군 한 명은 선황파 고수들이나 황의경장인보다는 열 배 강하고, 다른 고수들보다는 이십 배 고강하다는 사실을 알 수 있었다.

호리는 포구에 우뚝 서서 강을 바라보며 골똘히 생각에 잠긴 채 움직일 줄을 몰랐다.

강 복판에 닻을 내리고 있는 호리궁과 난간가에 철웅이 서서 이쪽을 바라보고 있는 모습이 보였다.

"상공."

그때 혁련상예가 초조한 목소리로 호리의 상념을 깨뜨렸다.

호리는 그녀의 목소리에서 다급함을 감지했다.

그녀는 대로 쪽을 바라보면서 얼굴에 초조한 기색을 떠올리고 있었다.

호리는 급히 대로를 쳐다보다가 안색이 흐려졌다. 열 명의 혈의인들이 이쪽을 향해 나는 듯이 쏘아오고 있는 광경을 발견한 것이다.

마풍사로군이 분명했다.

호리는 그들과 무의미한 싸움을 하기가 싫었다.

그렇지만 호리궁으로 갈 수는 없는 상황이었다. 그랬다가는 이후 마풍사로군, 아니, 마황부 전체가 호리궁을 추적하게 될 것이 분명했다.

무엇보다도 호선을 찾아야 하는 것이 급선무인데 난데없이 마풍사로군이 달려들다니, 호리는 은근히 부아가 치밀었다.

그렇지만 한바탕 싸움이 불가피할 것 같았다. 싸우지 않고서 저들을 비껴갈 방법이 없었다.

그러고 있는 사이에 열 명의 마풍사로군이 다가와 호리와 혁련상예를 반원형으로 포위해 버렸다. 호리와 혁련상예 등 뒤 반 장 아래는 강물이 넘실거렸다.

가까이에서 본 혈의인들은 틀림없는 마풍사로군이었다.

그때 포위지세를 이루고 있는 열 명의 마풍사로군 고수, 즉 마풍고수의 복판에 있는 자가 정면에 마주 서 있는 호리를 주시하며 입을 열었다.

"귀하는 우리와 함께 가줘야겠소."

뜬금없는 말이었다. 더구나 막돼먹은 태도가 아니라 자못 정중했다.

마황부, 즉 마도인이라고 해서 예절도 뭣도 없을 것이라 여겼는데 그게 아니었다.

그렇게 말한 자는 다른 사들과 똑같은 혈의를 입었는데, 단지 왼쪽 어깨에 세로로 '구사로장(九四路長)'이라는 더 붉은 글씨가 수놓아져 있었다.

호리는 그것이 마풍사로군 휘하 구십사로의 노장(路長)을 뜻하고, 그자가 구십사로장일 것이라고 판단했다.

"왜 그래야 하오?"

호리 입에서 당연한 물음이 나왔다.

"군주(軍主)께서 만나고 싶어하시오."

"군주가 누구요?"

"마풍사로군주요."

"내가 아는 사람이오?"

"아닐 것이오."

"왜 나를 만나려는 것이오?"

"오늘 이른 아침에 이곳에서 사십여 리쯤 하류에서 귀하가 마풍고수 수십 명을 죽였을 것이라고 판단하기 때문이오. 군주께선 대체 어떤 인물이 그토록 고강한지 궁금하게 여기고 계시오."

그렇게 말하면서 구십사로장은 힐끗 혁련상예를 날카롭게 쳐다보았다.

그의 시선을 접하자 혁련상예는 움찔 가볍게 몸을 떨더니 가만히 호리의 옷깃을 붙잡았다. 그렇게 해야만 안심이 되는 것 같았다.

구십사로장은 혁련상예의 신분을 알고 있는 듯했다. 그리고 그녀와 함께 있는 호리가 마풍고수들을 죽이고 그녀를 구했을 것이라고 거의 단정하는 것 같았다.

몇 마디 말을 주고받는 중에 호리는 이것이 쓸데없는 입씨름 같다는 생각이 들었다.

잠시 후에 생사가 갈릴 사람들끼리 무슨 말이 필요한가, 하는 마음이었다.

"어쨌든 나는 그를 만날 생각이 없소."

구십사로장이 힐끗 대로 쪽을 곁눈질로 보더니 오른팔을 들어 어깨의 혈도를 움켜잡았다.

그가 무심코 한 행동이지만, 눈치 빠른 호리는 그 뜻을 즉시 간파했다.

'이들은 이곳으로 오기 전에 이미 도움을 청했다!'

마풍사로군 혹은 마황부의 고수들이 얼마나 몰려올지 모르지만, 한시바삐 이들을 죽이지 않으면 사태가 심각한 국면으로 치달을 것이라고 호리는 판단했다.

"제가 맨 왼쪽의 두 명을 맡겠어요."

그때 혁련상예의 빠른 어조의 전음이 호리에게 전해졌다.

호리는 시선을 구십사로장에게 고정시킨 상태에서 그녀에게 이심전각의 수법을 발휘했다.

"맨 왼쪽의 한 명만 상대하시오."

혁련상예는 갑자기 뇌가 가벼이 울리면서 마치 자신이 생각하는 것 같은 말이 떠오르자 깜짝 놀랐다.

그러나 그녀는 곧 그것이 호리가 보낸 불가의 혜광심어 같은 상승의 전음수법인 것을 간파하고 해연히 놀랐다.

도대체 이토록 젊은, 아니, 어리다고 표현해야 마땅한 일개 소년의 능력이 대체 어느 정도 경지에 올랐는지 감탄이 절로 일었다.

"지금이오!"

바로 그 순간 호리의 말이 다시 한 번 혁련상예의 머릿속을 울렸다.

혁련상예는 호리를 돌아보고 확인할 겨를이 없었다. 호리의 지시가 떨어지자마자 그녀는 발검하면서 곧장 맨 왼쪽의 마풍고수를 향해 쏜살같이 쏘아갔다.

픽! 픽!

"끅!"

"컥!"

혁련상예의 검이 검집에서 절반쯤 뽑혔을 때 작고 둔탁한 흠향과 딥딥한 신음성이 터졌다.

그와 동시에 구십사로장과 그 옆 오른쪽에 서 있던 마풍고수 한 명의 몸이 뒤로 붕 튕겨져 날아갔다.

눈을 까뒤집고 있는 그들의 미간에는 엄지손톱 크기의 구멍이 뻥 뚫렸는데 피는 한 방울도 흘러나오지 않았다.

호리가 벼락같이 쏘아가면서 발출한 두 개의 검풍이 만들어낸 결과였다.

구십사로장은 얼굴 가득 불신의 표정을 가득 떠올린 채 부릅뜬 눈으로 호리를 쳐다보며 멀어져 가다가 허공중에서 숨이 끊어졌다.

차차창!

마풍고수들의 혈도가 분분히 칼집에서 뽑히고 있을 때, 호리의 칠룡검이 눈부시게 허공을 누비며 와르르 눈부신 검화를 쏟아냈다.

퍼퍼퍼퍽!

"크윽!"

"껵!"

호리와 가장 가깝게 있던 네 명의 마풍고수들이 답답한 신음을 흘리면서 마치 뒷덜미를 누가 확 잡아당기는 것처럼 뒤로 튕겨져 날아갔다.

쐐애액! 쌔액!

그제야 마풍고수들의 첫 공격이 호리를 향해 우박처럼 쏟아져 왔다.

그리고 같은 순간에 혁련상예의 검초식이 맨 왼쪽 마풍고수를 향해 뿜어지고 있었다.

그로 미루어 호리의 발검과 초식이 얼마나 빨랐는지 능히 짐작할 수 있을 것이다.

호리는 오늘 이른 아침에 마풍고수들과 싸워본 결과 자신의 실력과 그들이 많은 차이가 난다는 사실을 깨달았었다.

그러므로 그들 백여 명쯤이 한꺼번에 합공을 한다고 해도 패하지 않을 자신이 있었다.

방금 호리가 마풍고수들이 공격하기 전에 급습을 가한 이유는 속전속결로 빨리 이 싸움을 끝내고 이 자리를 뜨기 위해서였다.

만약 이들 열 명의 마풍고수들이 선공을 했다고 가정하면, 호리는 반 각 정도의 시간을 소요해서 이들 모두를 죽일 수 있었을 것이다.

그러나 그들의 선공 동작을 훔쳐서 먼저 급습을 했기 때문에, 단 이 초식에 여섯 명을 죽일 수 있었다.

나머지는 네 명.

혁련상예가 상대하는 한 명을 제외한 세 명이 세 방향 허공으로 바람에 날리는 꽃잎처럼 흩어졌다.

그러나 도망치는 것이 아니다. 호리가 아는 한 마풍고수는 노망을 모른다.

오늘 이른 아침의 싸움에서도 마풍고수들은 마지막 남은 한 명까지 전력으로 대항을 하다가 죽어갔었다.

아니나 다를까. 그들 세 명은 세 방향으로 흩어졌다가 순식간에 방향을 전환하는가 싶더니 호리의 좌우와 머리 위 세 방향에서 질풍처럼 내리꽂혔다.

방금 이 초식으로 동료들 여섯 명이 당하는 것을 직접 목격했으니, 자신들 세 명이 호리에게 역부족이라는 것을 그들도 알 터이다.

그런데도 포기하거나 도망치지 않고 전력을 다하는 그들의 모습에서 호리는 작은 전율, 아니, 최선을 다하는 감동 같은 것을 느꼈다.

"큭!"

그때 혁련상예의 검이 상대하고 있던 마풍고수의 복부를 깊숙이 찔렀다.

뒤이어 그녀는 비틀거리는 마풍고수를 바짝 따라붙어 재차 가슴을 깊이 찔렀다.

그 순간 세 명의 마풍고수가 호리의 머리 위와 좌우 일 장까지 쇄도하며 일제히 혈도를 휘둘렀다.

단지 세 명이 펼치는 합공이지만 호리가 피할 수 있는 모든 방위를 차단하는 것은 물론이고, 그가 취할 만한 다음 동작까지 예측하여 공격을 퍼부었다.

만약 호리에게 절금의 신통력을 지닌 칠룡검이 없었다면 피할 수밖에 없는 상황이었다.

호리는 피하지 않았다. 도리어 칠룡검을 번뜩이면서 세 마풍고수의 세 자루 혈도를 정면으로 마주쳐 갔다.

카카카!

칠룡검이 세 자루 혈도를 수수깡처럼 자르는 것과 동시에 세 마풍고수의 목과 몸뚱이를 통째로 베어버렸다.

쿠쿠쿵!

그들의 잘라진 육편이 땅에 떨어지고 있을 때, 호리는 왼팔로 혁련상예의 허리를 안고 포구를 벗어나 강 하류를 향해 바람처럼 쏘아가고 있었다.

쏘아가면서 그는 육십여 장이나 떨어져 있는 강 한복판의 호리궁으로 이심전각을 보냈다.

"철웅아! 즉시 배를 몰아 전속력으로 하류로 가라!"

포구에는 마풍고수 열 명의 시체가 여기저기 어지럽게 널브러져 있었고, 멀찍이에서 수십 명의 어부와 마을 사람들이 놀란 얼굴로 구경하고 있었다.

호리가 마풍고수들을 죽인 후 곧장 호리궁으로 가지 않은 이유는 바로 구경꾼들 때문이었다.

자신과 혁련상예가 호리궁에 타는 모습을 누구에게도 발견되면 안 되는 것이다.

낙녕헌을 떠난 호리궁이 오 리쯤 하류로 내려왔을 때 선실문이 열리면서 호리와 혁련상예가 들어섰다.

"호리야!"

철웅이 반갑게 외쳤지만 호리는 그저 고개를 한 차례 끄덕인 후 선실 창을 통해서 전면을 응시하며 생각에 잠겼다.

호선은 낙녕현 부근에 없는 것 같았다.

있다고 해도 마풍고수들 때문에 더 이상 찾아다닐 수가 없는 상황이었다.

잠시 생각하던 호리는 결국 결정을 내렸다.

"철웅아, 낙양으로 곧장 가자."

"알았어!"

철웅이 힘차게 대답했다.

호리는 이곳에서는 자신이 더 이상 아무것도 할 일이 없다는 사실을 확인했다.

호리의 목적지가 낙양 무황성이라는 사실을 호선도 잘 알고 있다.

그녀에게 별일이 없다면 반드시 낙양으로 호리를 만나러 올 것이다.

문득, 호리는 옆에 서 있는 혁련상예에게 물었다.

"혹시 개방에 명령을 내릴 만한 인물이나 방파가 있소?"

혁련상예는 생각하지도 않고 즉시 대답했다.

"개방은 무림오황의 하나인 검황루의 휘하에 있어요. 오직 검황루만이 개방을 수족처럼 부릴 수 있죠."

선실 밖에서 넘실대는 파도를 응시하는 호리의 얼굴빛이 굳어졌다.

'호선을 쫓는 자들이 검황루라는 말인가?'

第五十一章
기억을 되찾다

一擲賭者
乾坤

"하아… 하아……."

호선은 나직하게 숨을 몰아쉬었다.

초절정고수인 그녀가 지금처럼 지치고 피로를 느끼는 것은 좀처럼 드문 일이었다.

그녀는 어젯밤에 낙녕현의 주루에서 정천기에게 이후 무림제패를 하지 않겠으며, 어떤 이유로든 마랑군과 손을 잡지 않겠다고 자신의 뜻을 분명히 밝혔었다.

그 과정에서 약간의 마찰이 빚어지긴 했었지만, 정천기를 따끔하게 혼내준 후 그가 자신의 제안을 받아들인 것으로 판단했다.

그래서 그 즉시 그곳을 떠나 호리궁을 찾으면서 강변을 따라 달려 내려갔었다.

그런데 그녀가 호리궁을 찾느라 지체하는 사이에 정천기와 그의 사제 초혈기 등이 맹추격을 해왔다.

정천기와 초혈기, 그리고 그들이 이끄는 십검전단 백 명과 질풍검사 백오십 명. 그리고 정예검수 삼백여 명. 도합 사백오십여 명이 호선을 일제히 맹공격했다.

그리고 외각에는 수백 명의 개방고수들이 포위망을 형성하고 있었다.

검황루의 집중 공격은 실로 가공한 수준이었다.

무림사에서도 일찍이 한 사람을 상대로 그토록 강력한 합공을 퍼부었던 전례가 없었다.

만약 이 사실이 무림에 알려진다면 큰 파장을 불러일으킬 것이며, 검황루는 얼굴을 들지 못할 것이다.

더욱이 검황루는 유림(儒林)의 총집합체가 아닌가. 인의(仁義)와 윤리(倫理)를 무엇보다도 중시 여기는 검황루이기에 수백 명이 한 사람을 죽이려고 합공을 했다는 사실은 천하의 지탄을 받아 마땅한 일인 것이다.

그러나 검황루는 이미 비겁한 방법으로 옥선후를 암살했다가 실패한 적이 있었다.

그런 사실까지 알려진다면 검황루는 봉문을 하거나 존폐의 위기에 처하게 될 것이 분명하다.

그렇기 때문에 검황루는 더더욱 옥선후를 죽여 살인멸구(殺人滅口)할 수밖에 없는 처지다.

한쪽 발을 수렁에 집어넣었는데, 나머지 다른 발마저 수렁에 담근다고 뭐가 달라지겠는가.

우내십절 중에 한 명인 호선이지만, 검황루의 필사적인 집중 공격에는 당해낼 재간이 없었다.

어젯밤에 그녀를 합공한 위력은 검황루가 보유한 전체 세력의 사분의 일에 해당하는 정도였다.

호선은 필사적으로 싸우면서 도주했다. 호리를 보호하려고 호리궁이 있는 반대 방향, 즉 동쪽으로 쉬지 않고 도주하면서 싸우고 또 싸웠다.

호선은 기억하지 못하고 있지만, 지금의 도주는 백여 일 전, 항주성에서 암습을 당해 도주했던 것의 재판(再版)이고 연속이었다.

아니, 지금의 공격은 백여 일 전과는 비교도 할 수 없을 정도로 막강했고, 또 위협적이었다.

그 당시에는 정천기와 초혈기가 이끄는 검황질풍대의 질풍검사 백오십 명과 무황성 정예 고수 백 명이 전부였지만, 지금은 질풍검사보다 세 배 이상 강하다는 십검진단 전제 백 명과 질풍검사 백오십 명. 정예검수 삼백 명이다.

그때에 비해서 네 배 이상의 막강한 전력(戰力)인 것이다.

그녀는 이곳까지 오는 동안 무려 열세 차례나 검황루 고수

기억을 되찾다

들과 격돌했다.

검황루의 작전은 치밀했다.

전체 세력을 다섯 개의 무리로 나누어 한 무리가 호선을 집중적으로 공격하는 동안, 다른 네 개의 무리는 싸움이 벌어지고 있는 장소를 중심으로 동서남북 네 방향 십여 리 밖에 포위지세를 구축하고 있었다.

그러다가 호선이 도주를 하면 그중 한 무리가 다시 공격하고, 다른 네 무리는 또다시 십여 리 밖에서 포진한 채 기다리는 이른바 천라지망과 지공(遲攻)을 병행했다.

다섯 무리에는 십검전단과 질풍검사, 정예검수들이 고르게 편제됐다.

십검전단은 열 개의 검단(劍團)으로 이루어졌다.

다섯 무리의 각 무리에는 십검전단의 이 개 검단과 질풍검사 삼십 명. 정예검수 육십 명, 도합 백십 명으로 구성됐다.

그중에 십검전단의 검사들, 즉 전단검사(戰團劍士)들이 선봉이고, 질풍검사들이 허리 역할, 정예검사들이 외각을 맡아 차륜처럼 회전하면서 호선에게 공격을 퍼부었다.

정천기나 초혈기 정도의 고수라면 전단검사 네 명과 싸우면 팽팽할 것이다.

호선은 정천기보다 두 배 이상 강하다. 그렇다고 해도 전단검사 열 명 정도가 한계다.

그런데 한 무리에는 전단검사가 이십 명이나 있다. 그것만으로도 버겁다. 그런데 삼십 명의 질풍검사와 육십 명의 정예검수가 더 있다.

호선은 열세 차례의 싸움에서 전단검사를 열한 명, 질풍검사 삼십 명, 정예검수 오십 명 정도를 죽였지만 전체 전력이 흔들릴 정도의 타격을 입히지는 못했다.

싸움에서는 여력(餘力), 즉 남는 힘이 생겨야 상대를 죽일 수가 있다.

상대와 팽팽하거나 오히려 열세에 처한 상태에서는 제 한 몸 지키기에도 급급한 상황이기 때문에 상대를 죽일 기회가 없어지는 것이다.

호선은 싸움이 시작된 초기에 검황루가 전체 세력을 여럿으로 나누어 산개배치(散開配置)한 사실을 간파했기 때문에 싸움을 오래 끌어서는 안 된다는 판단을 내렸다.

십여 리 밖 네 방향에 배치된 네 개의 무리는 호선이 도주할 경우에는 그 즉시 추격을 하겠지만, 만약 그녀가 열세에 처하는 기미가 보이면 곧장 싸움에 합류하여 끝장을 내는 전략을 세워두고 있었다.

그러므로 호선이 한 장소에서 조금 오래 지체했다가는 바로 그 자리가 그녀의 무덤이 될 가능성이 큰 것이나.

원래 검황루의 추적대에는 개방 방주 무궁신개가 이끄는 오백여 개방고수들도 포함되어 있었다.

그러나 호선은 열세 번 싸우고 열세 번 도주하는 과정에서 개방고수들을 한 명도 발견하지 못했다.

만약 검황루 고수들 외각에서 개방고수들이 포위망을 구축하고 있었다면, 도주하는 호선은 큰 어려움을 겪었을 것이 분명했다.

개방고수들이 사라진 이유가 무엇인지는 모르지만, 호선에겐 다행한 일이 아닐 수 없었다.

현재 호선이 있는 곳은 낙녕현에서 동쪽으로 백삼십여 리가량 떨어진 깊은 숲 속이었다.

열세 번째의 싸움이 끝나고 동쪽으로 이십여 리가량 전력을 다해서 도주하던 그녀는 전면에 강, 즉 이수(伊水)의 상류가 나타나자 그곳에서 멈추었다.

그녀의 계산이 틀리지 않다면 십여 리가량 뒤에서 십칠 명의 전단검사들이 바짝 추격하고 있는 중이다.

그들이 다섯 무리 중에 어디에 속하는지는 모르지만, 이십 명의 전단검사 중에 호선에게 세 명을 잃은 상태였다.

호선은 현재 몹시 지친 상태라서 잠시라도 쉬어야만 할 처지지만 전단검사들이 바짝 뒤쫓고 있는 상황에서는 그럴 수가 없었다.

결론적으로 그녀는 이수를 건너지 않았다. 강 건너에 검황루 고수들이 한 명도 없을 것이라고 확신할 수 없는 상황이기 때문이었다.

만약 강 건너에도 검황루 고수들이 미리 대기하고 있는데도 무리하게 강을 건넜다가 자칫 포위망에라도 걸려드는 날이면 아마도 몹시 힘겨운 싸움이 될 것이다.

어쩌면 그 싸움에서 그녀는 죽게 될지도 모른다. 그래서 그녀는 당분간 도주를 미루고 잠시 쉬기로 결정했다.

현재 그녀는 평소의 육 할에 달하는 공력만을 지니고 있는 상태였다.

도주는 공력을 회복한 후에 해도 늦지 않을 터이다.

그녀는 자신이 강을 건넌 것처럼 강가에 흐릿한 흔적을 만들어놓은 후 허공으로 솟구쳐 나뭇가지만을 살짝살짝 밟으면서 왔던 길을 이백여 장쯤 후퇴하여 지금 이 장소로 방금 전에 숨어든 것이다.

그곳은 집채만 한 거대한 바위 아래였는데, 바위 옆에 솟아 있는 몇 아름이나 되는 거목의 뿌리가 땅과 바위 사이로 뻗어 내려가면서 한 사람이 겨우 비집고 들어갈 수 있을 만한 좁은 틈을 만들어놓았다.

바위틈은 수북한 낙엽으로 덮여져 있어서 웬만해서는 눈에 띄지 않을 듯했다.

얼마 전에 눈이 매운 호선조차도 하마터면 그냥 지나칠 뻔했을 정도였다.

그녀는 바위 아래로 숨어든 후 바위틈에 손바닥을 대고 흡인공(吸引功)을 일으켜 주변의 낙엽을 잔뜩 끌어 모아 틈을 완전히 가려 버렸다.

그렇게 해서 그녀가 바위 아래의 틈을 발견했을 때보다 더욱 완벽하게 은폐가 됐다.

바위 아래에는 제법 움푹하며 아담한 공간이 형성되어 있었고, 바닥에는 틈으로 흘러내린 낙엽들이 수북하게 쌓여서 푹신하고 아늑했다.

호선은 그 위에 반듯한 자세로 눈을 감고 두 손을 가슴에 포개어 얹은 채 가만히 누워 있었다.

추격자들 때문에 일체의 기척은 물론이고 숨소리마저 내서는 안 된다.

그녀의 본능이 잠재적인 기억을 일깨워 코와 입으로 숨을 쉬지 않는 대신 전신 모공으로 호흡을 하게 해주었다. 우내십절의 일인 정도 되면 그런 재주는 기본이다.

그렇지만 언제까지 모공으로만 호흡을 하면서 누워 있을 수는 없는 노릇이었다.

이 상태에서 휴식을 취하면서 원래의 공력을 되찾으려면 최소한 반나절 이상 소요될 터이다.

그렇게 오래 지체할 수는 없다. 어서 빨리 포위망을 뚫고 호리에게 돌아가야만 한다.

'호리……'

지금은 정오가 넘었다. 어젯밤 술시 무렵에 호리와 헤어졌으니, 하루의 반 하고도 한 시진 동안이나 그와 떨어져 있었던 것이다.

그와 떨어져 있다는 것이, 그가 자신의 곁에 없다는 사실이 견딜 수가 없었다.

엄동설한에 알몸으로 얼음 구덩이 속에 들어가 있어도 전혀 추위를 느끼지 못했었던 그녀가 지금 늦가을의 추위를 느끼고 있다.

부모가 새로운 신공절학을 연공하느라 함께 폐관했다가 주화입마에 들어 죽은 후, 열다섯 살 어린 나이에 봉황궁주가 되어 숱한 역경을 헤쳐 나가면서도 그토록 꿋꿋했던 그녀가 지금 한낱 그리움에 눈물을 글썽이고 있다.

봉황궁주가 된 지 일 년 만에, 그녀의 세력권 안에서의 반란을 진압하느라 무려 오백여 명의 무림인을 죽였을 만큼 잔인무도했던 그녀였었다.

항주성에서 수백 명의 암습을 당해 온몸에 이십 군데가 넘는 지독한 중상을 입고서도 외눈 하나 까딱하지 않았었던 그녀였었다.

그런데 지금은 열세 번의 싸움으로 몇 군데 긁히는 정도의 상처를 입어놓고서는 얼른 호리에게 보여서 치료받고 싶어할 정도로 나약해져 있었다.

'호리……'

호선은 다시 한 번 그리운 이의 이름을 입속으로 웅얼거려 보았다.

그러자 느닷없이 온몸에 소름이 확 끼칠 만큼 지독한 그리움과 외로움이, 그믐달마저도 뜨지 않은 어두운 밤처럼 자욱하게 엄습했다.

'가야 해.'

그녀는 호리에게 돌아가는 것 외에는 아무것도 생각하지도 생각할 수도 없었다.

그것은 강을 떠났던 연어의 치어가 바다로 나가 성장한 후 다시 고향의 강을 찾아 돌아가는 것과 같았다.

연어가 고향의 강으로 돌아가는 것은 운명이다.

호선이 호리에게 돌아가는 것 역시 운명이다.

호리에게 돌아가기 위해서는 이곳에서 단지 도주만 해서는 안 된다.

자신을 추격하는 자들이 단 한 명도 남지 않을 때까지 싸우고 또 죽여야만 한다.

그러자면 한시바삐 공력을 회복해야 한다. 만에 하나 이대로 누워 있다가 추격자들에게 발각되기라도 하면 죽도 밥도 되지 않는다.

'운공을 해야 돼.'

그러나 그녀는 공력을 일으키려다가 멈추었다.

호리가 호선의 뒷머리에서 죽은피, 즉 사혈을 뽑아낸 다음 날 운공을 했을 때, 그녀는 평소와는 달리 심신이 더할 수 없이 상쾌했었다.

아니, 상쾌한 정도가 아니라 머릿속이 청명한 가을 하늘이나 명경지수처럼 맑아져서 잃었던 기억의 끄나풀을 잡은 것 같은 느낌이 들었었다.

그래서 어쩌면 조금만 머리를 짜내면 기억을 되살릴 수도 있을 것 같았었다.

하지만 그녀는 기억을 되살리기 싫었다.

싫은 정도가 아니라 무서웠다.

기억이 되살아나도 절대 호리 곁을 떠나지 않겠다고 다짐에 다짐을 거듭했었다.

그러나 만에 하나 모든 기억이 바로 눈앞에서 보듯이 선명하게 되살아나서 그의 곁을 떠날 수밖에 없는 상황이 될까 봐 그게 두려웠었다.

그래서 기억이 되살아나는 것을 원천 봉쇄하려고 운공을 거듭하지 않았었고, 다시는 운공을 하지 않겠다고 스스로에게 다짐을 했었다.

그런데 이제 그럴 수가 없게 돼버렸다.

운공을 하지 않으면, 그래서 한시바삐 원래 공력을 되찾지 못해서 들개 같은 추격자들에게 갈가리 찢겨져서 죽는다면 영원히 호리를 만나지 못하게 되는 것이다.

죽는 것은 두렵지 않았다. 다만 호리를 만날 수 없는 것이 두려울 뿐이다.

'운공을 한다고 반드시 기억을 되찾는다는 보장 같은 것은 없어.'

그녀는 지금의 현실을 극복하기 위해서 자기 자신에게 최면을 걸기 시작했다.

'설사 기억을 되찾는 일이 생기더라도 절대 호리 곁을 떠나지 않으면 돼.'

그녀는 두 주먹을 불끈 쥐고 입술을 잘근 깨물었다.

'나는 할 수 있어! 죽으면 죽었지 호리 곁을 떠나지 않을 자신이 있어! 호리와 함께 있지 못할 바에는 차라리 죽어버리는 것이 나아!'

결심은 확고하게 굳어졌다.

그녀는 자신의 의지를 꺾을 수 있는 것은 아무것도 없다고 확신했다.

이어서 그녀는 지그시 눈을 감고 그 자세를 그대로 유지한 채 운공을 시작했다.

그녀 정도의 초절고수라면, 굳이 누워서 운공을 할 필요가 없었다.

* * *

낙녕현 한복판을 가로지르는 대로를 절정의 경공을 발휘하여 질풍처럼 쏘아가는 두 사람이 있다.

일남일녀.

남자는 구름무늬의 비단 운금장삼(雲錦長衫)을 입었는데,

장대한 체구에 허리에는 한 자루 도를 찼고, 어깨에는 거무튀튀한 철궁(鐵弓)을 멘 사십이삼 세가량의 중년인이다.

그는 추공(秋空)이라는 이름을 갖고 있다.

여자는 삼십여 세의 빼어난 미모를 지녔으며 몸에 약간 달라붙는 홍의와 긴 치마를 입었다.

그리고 오른쪽 허리에는 돌돌 말린 붉은색의 채찍이 매달려 있으며, 왼손에는 피처럼 붉은 하나의 피리[血笛]를 쥐고 있었다.

그녀의 이름은 홍엽(紅葉)이다.

대로를 벗어나 동쪽으로 뻗은 관도로 접어들고 있는 두 사람은 무림에서 추홍쌍신(秋紅雙神)이라고 불린다.

지금 두 사람의 표정은 극도의 긴장으로 물들어 있었다.

"갈림길이에요."

그때 여자인 홍엽이 전면을 주시하면서 낮은 목소리로 입을 열었다.

두 사람의 전면 백여 장쯤에 왼쪽으로 꺾어진 길과 오른쪽으로 비스듬히 굽은 두 갈래 길이 나타났다.

두 사람은 순식간에 갈림길을 오십여 장 남겨놓은 곳까지 이르렀다.

홍엽의 눈빛이 흐려졌다. 갈림길에서 어디로 가야 할지 모르기 때문이다.

꾸오—

그때 두 사람의 머리 위 높은 곳에서 날카로운 금속성의 울음소리가 낮게 터졌다.

홍엽이 위를 올려다보자 한 마리 매가 그녀를 향해 수직으로 급전직하 하강하고 있었다.

푸드득!

매는 홍엽이 내민 팔뚝 위에 사뿐히 내려앉았다.

금빛 깃털로 뒤덮이고 번뜩이는 붉은 눈과 강철 같은 부리와 발톱을 지닌 희귀조 금혈비응(金血飛鷹)이다.

금혈비응의 발목에는 쇠고리가 매달려 있고, 쇠고리에는 세 치 길이의 검은색 대롱이 부착되어 있었다.

홍엽은 즉시 대롱을 열고 그 안에서 돌돌 말린 가느다란 종이를 꺼내 펼쳤다.

손바닥만 한 크기의 종이는 서찰인데 깨알만 한 글씨들이 빼곡하게 적혀 있었다.

푸드득!

홍엽은 금혈비응을 다시 허공으로 날려 보낸 후 서찰을 읽기 시작했다.

그녀의 얼굴에 처음에는 놀라움이, 이후 점차 분노의 표정으로 변하였다.

추공은 갈림길이 나타났다는 홍엽의 말 이후로도 입을 굳게 다문 채 전면만 주시하며 달리고 있었다. 그로 미루어 그는 매우 과묵한 성품인 듯했다.

"검황루의 정천기와 초혈기가 이끄는 고수들이 동쪽 백오십여 리 밖에서 동쪽으로 이동하면서 계속 누군가를 추격 중이라는군요."

홍엽의 얼굴에 가득 떠올랐던 극도의 놀라움과 분노는 어느새 사라지고 없었다. 그녀는 얼음처럼 싸늘한 표정으로 빠르게 말을 이었다.

"낙녕현에서 그곳까지 도합 열세 곳에 격전을 치른 흔적이 남아 있으며, 흔적으로 미루어 검황루 고수들을 상대로 싸운 사람은 단 한 명인 것이 분명하고, 싸움이 벌어졌던 장소에는 어김없이 검황루 전단검사와 질풍검사, 정예검수들의 시체가 널려 있었는데, 시체에는 혈봉황파와 난봉산화수에 당한 상흔이 뚜렷하게 새겨져 있다는 보고예요."

그 말끝에 여태껏 침묵으로 일관하던 추공의 짙은 눈썹이 꿈틀 꺾이면서 두 눈에서 은은한 안광이 일렁였다. 처음으로 드러내는 분노였다.

"혈봉황파와 난봉산화수는 본 궁의 독문무공이에요. 또한 혼자서 수백 명의 검황루 정예 고수들을 상대로 무려 열세 차례의 싸움을 치르고, 또한 그 수법을 사용하여 검황루 최정예인 진단검사와 질풍검사들을 죽일 수 있는 사람은 오직 한 분뿐이에요."

홍엽이 설명하는 사이에 두 사람은 갈림길에 이르러 오른쪽으로 비스듬히 굽은 길로 접어들어 조금도 속도를 늦추지 않고 쏘아갔다.

왼쪽은 북쪽 선양현으로 가는 길이고, 오른쪽은 동쪽 이수와 숭산으로 향하는 길이었다.

서찰에는 쫓기고 있는 사람이 동쪽으로 갔다고 적혀 있으니 두 사람도 동쪽 길로 가는 것이었다.

이윽고 추공이 최초로 입을 열었다.

"궁주가 분명하군."

추공이 입을 열었다.

굵고 묵직한 저음이라서 듣고 있으면 저절로 위압감이 느껴질 듯했다.

"그래요. 항주성에서 암습을 당하셨는데 오천여 리나 떨어진 이곳에서 검황루 놈들에게 쫓기고 계시다니……."

홍엽은 목이 메는지 말을 잇지 못했다.

그러나 그녀는 곧 잘근 입술을 깨물며 눈에서 독한 안광을 뿜어냈다.

"항주성에서 궁주를 암습한 것은 검황루가 분명해요. 놈들은 암습 이후 줄곧 궁주를 추격하면서 공격하다가 이곳까지 왔을 거예요."

어깨를 바르르 떠는 홍엽의 눈에 찰랑찰랑 눈물이 고였다.

"불쌍하신 궁주. 오천여 리 머나먼 길을 검황루 놈들에게 홀로 쫓기시면서 얼마나 고초가 심하셨을까……."

끝내 홍엽의 눈에서 맑은 눈물이 후드득 굴러 내렸다.

달리던 홍엽의 몸이 휘청거렸다. 너무 큰 상심 때문에 공력이 흐트러진 것이다.

즉시 추공이 왼팔을 뻗어 홍엽의 허리를 안았다. 그리고 그녀를 안은 채 계속 달렸다.

"추공! 검황루 놈들을 모조리 죽여요!"

홍엽은 추공의 어깨에 얼굴을 묻고 흐느끼면서 소리쳤다.

"그전에 할 일이 있소."

"그놈들을 죽이는 것 말고 무슨 할 일이 있다는 것이죠?"

홍엽이 살기를 가득 떠올린 얼굴을 들고 추공을 보며 항의하듯 물었다.

"궁주를 구하는 것이 급선무요."

"아!"

"궁주의 안전보다 더 중요한 것은 없소."

"당신 말이 옳아요."

추공의 눈빛이 깊숙이 가라앉았다.

"궁주의 안전을 확보한 후, 이곳에서 놈들을 한 놈도 살려보내지 않겠소."

추공이 자신을 안았기 때문에 달리는 속도가 뚝 떨어졌다는 사실을 깨달은 홍엽은 그의 품에서 벗어나 곁에서 나란히 달리기 시작했다.

무림에서 추홍쌍신은 너무도 유명한 절정고수다.

그러나 두 사람이 봉황옥선후의 오른팔과 왼팔이라는 사

실이 더 유명하다.

* * *

한 차례의 운공조식이 끝났다.
"아······."
호선의 입술 사이로 자신도 모르는 사이에 나직한 한숨이 새어 나왔다.

진의천인강(振衣千仞岡). 아주 높은 산꼭대기에 올라서 옷에 묻은 먼지를 말끔하게 털어낸 것처럼, 더없이 맑고 상쾌한 기분이었다.

그것은 또한 하늘을 가득 뒤덮고 있던 먹구름이 일시에 걷히면서 청명한 하늘이 드러나는 것 같았다.

호선은 잃었던 모든 것을 한순간에 되찾았다.

믿어지지 않게도 자신이 누군지, 언제, 어디에서, 누구에게 암습을 당했었는지, 그리고 자신의 성품이 어떠했는지까지 모조리 되찾았다.

그렇다고 해서 항주성에서 암습을 당한 이후부터의 기억이 사라진 것은 아니다.

그 어떤 것보다도 그때 이후의 기억들이 가장 선명하게 머릿속과 가슴에 각인되어 있었다.

그리고 우려하던 일이 현실로 나타났다.

만약 기억을 되찾게 되더라도 반드시 호리에게 돌아가겠다던 자신과의 약속을 끝까지 지켜낼 자신이 없어졌다.

아니, 기억을 되찾기 전에 상상했던 것보다 그녀의 신분과 존재, 그리고 성품이 더 높고 크며 분명했던 것이다.

운공을 끝낸 호선은 한동안 꼼짝도 하지 않은 채 누워 있다가 이윽고 천천히 상체를 일으켜 앉았다.

그녀의 깊게 가라앉은 두 눈 깊숙한 곳에서 시퍼런 안광이 번뜩이면서 입술 사이로 빙정처럼 싸늘한 중얼거림이 새어 나왔다.

"나는 봉황옥선후 사도빙이다."

第五十二章
무황성(武皇城)

一攫賭者
乾坤

낭현에서 낙양까지는 불과 백오십여 리 거리다.

늦은 아침에 낙녕현을 출발한 호리궁은 네 개의 돛을 모두 올리고 전속력으로 항해하여 다음날 신시 무렵에 낙양을 오리쯤 남겨둔 지점에 이르렀다.

그곳은 낙양이 바로 십여 리 거리의 지척에 있고, 또 서쪽에서 흘러온 산수(澗水)와 낙수가 합류하기 때문에 강상에는 수많은 배들이 뒤엉켜 있어서, 호리궁은 속도를 늦출 수밖에 없었다.

호리 일행은 모두 선실에 모여 창밖을 내다보고 있었다.

호리와 철웅, 은초는 호선이 돌아오지 않았다는 사실 때문에 이곳까지 오는 동안 아무도 입을 열지 않고 굳은 얼굴로 침묵만 지켰었다.

그런 상황에서 마침내 목적지인 낙양에 도착하게 되니 중압감과 긴장감은 더욱 고조되었다.

강상에 배들이 너무 많아서 충돌할 위험이 있기 때문에 호리궁은 돛 세 개를 모두 내리고 선수의 소장범 하나만을 올린 채 사람이 천천히 뛰어가는 정도의 느린 속도로 흘러가고 있는 중이었다.

전면 저 멀리 왼편에 포구가, 그 뒤쪽에 낙양성으로 진입하는 높은 성문과 성벽이 보였다.

'드디어 도착했다.'

호리는 성문에 시선을 고정시킨 채 속으로 중얼거렸다. 그렇지만 가슴이 답답하고 무겁다는 것 말고는 아무것도 느껴지는 것이 없었다.

모두들 낙양성을 쳐다보고 있을 때, 혁련상예만이 호리 곁에 서서 그의 옆모습을 그윽하게 바라보고 있었다.

이제 곧 낙양 포구에 도착한다. 그전에 호리에게 뭐라고 말을 해야 하는데 용기가 없어서 도통 입이 떨어지지 않는 혁련상예다.

그녀는 아직 자신의 입으로 호리에게 고맙다는 말조차 하지 못했다.

호리는 그녀뿐 아니라 혁련천풍과 오십여 황의경장인, 즉 수하들의 목숨을 구해주었다.

평소 같으면 당연히 혁련상예의 집으로 초대를 하여 그의 공을 모두에게 알리고 큰 상을 내리거나 그의 소원 몇 가지쯤은 모두 들어주는 예의를 갖췄을 것이다.

그러나 지금은 그럴 형편이 아니었다. 그녀의 부친과 오라비의 생사도 알지 못하는 판국에 떠들썩하게 소란을 피울 수는 없었다.

그렇다고 해도 생명의 은인을 이대로 보내는 것은 있을 수 없는 일이었다.

호리가 자신이 수십 명의 목숨을 구한 일에 대해서 입을 다물고 있다고 해서, 혁련상예마저 모른 체한다는 것은 말이 되지 않았다.

"저……."

몇 번이나 말을 꺼내려다가 말고, 또 꺼내려다가 말기를 거듭하면서 망설였던 혁련상예는 마침내 용기를 내어 작은 소리로 호리를 불렀다.

그러나 호리는 전면에 시선을 고정시킨 채 꼼짝도 하지 않았다. 그녀가 부르는 소리를 듣지 못했거나 듣고도 무시하는 것 같았다.

혁련상예는 조금 더 소리를 높여 그를 불렀다.

"저… 상공."

그제야 호리가 힐끗 그녀를 돌아보았다.

그런데 호리와 시선이 마주치자 혁련상예는 입이, 아니, 온몸이 얼어붙어 버렸다.

그에게 어떤 특별한 감정을 품고 있다거나 두려워하기 때문이 아니었다.

혁련상예는 호리를 남자로 느끼지 않고 있다. 그러기에는 한나절 남짓한 시간이 너무 짧았다.

더구나 그녀는 이날까지 한 번도 남자에게 호감이나 좋아하는 감정 같은 것을 느껴보지 못했었다.

남자나 남녀 간의 사랑 같은 것에 눈곱만큼도 흥미가 없으므로 당연한 일이었다.

그녀가 호리 앞에서 긴장하는 것은, 아마도 그녀가 그의 품에 몇 차례 안겼었기 때문일 것이다.

아무런 감정도 개입되어 있지 않았던 그저 단순한 '안김'이었지만, 그를 보기만 하면 반사적으로 그의 품에 안겼을 때의 이상하고도 묘한 느낌이 되살아나는 것만 같아서 몸이 옹송그려졌다.

"뭐요?"

"아! 다… 름이 아니라……."

짧은 기다림 후에 호리가 묻자 혁련상예는 깜짝 놀라 몸까지 후드득 떨었다.

"이제 곧 낙양에 도착하게 되면 상공을 소녀의 집으로 모시고 싶어요."

"됐소."

호리는 짧게 말하고는 다시 시선을 전면으로 던졌다.

혁련상예는 크게 실망하는 표정을 지었다. 그러나 그녀는 다시 용기를 냈다.

"이대로 보내 드리는 것은 예의가 아닙니다."

"싫다는데도 자꾸 귀찮게 하는 것은 예의에 맞는 것이오?"

"……."

무뚝뚝함을 넘어서 냉랭하기까지 한 대꾸에는 혁련상예도 입을 다물 수밖에 없었다.

그녀는 호리의 옆얼굴을 잠시 바라보다가 고개를 돌려 전면을 보더니 곧 고개를 떨구었다.

'인정머리없는 놈……!'

은초는 호리에게 있는 힘껏 눈을 흘겨주었다.

호리궁을 포구에서 멀리 뚝 떨어진 한적한 곳에 정박시키고 나서, 배에는 철웅 혼자만을 남겨둔 후 호리 일행은 포구 거리로 나섰다.

호리는 포구에 줄지어 있는 주루 쪽으로 곧장 걸어갔다.

낙양에 대해서는 아무것도 모르기 때문에 주루에서 최소한의 정보를 얻어낼 생각이었다.

호리를 뒤따르던 은초는 머뭇거리고 있는 혁련상예를 발

견하고 빠르게 그녀에게 다가갔다.

"우리는 중요하게 따로 할 일이 있으니 낭자를 바래다 드리지 못합니다."

"그게 아니에요."

"그럼 무엇 때문에……."

혁련상예는 저만치 성큼성큼 걸어가는 호리의 뒷모습을 아련하게 바라보면서 서운함을 금치 못했다.

"상공께 하늘 같은 은혜를 입었는데 이대로 기약도 없이 헤어져야 하다니… 사람으로서의 도리를 못하는 것 같아서 너무 괴로워요."

"하늘 같은 은혜라니 무슨 말씀입니까?"

은초는 난데없는 말에 크게 놀라는 표정을 지었다.

호리나 혁련상예 두 사람 다 어제 아침에 있었던 일에 대해서는 아무 말도 하지 않았으니 은초가 놀라는 것도 무리는 아니었다.

혁련상예는 은초가 모르고 있는 것으로 미루어 호리가 친구들에게 말해주지 않았다고 여기고, 자신 역시 말하지 않는 편이 좋다고 생각했다.

"나중에 상공께 들으세요."

"하… 그거 되게 궁금하네."

"그나저나……."

어두운 표정의 혁련상예가 막 어느 주루 안으로 들어가고 있는 호리를 안타깝게 바라보는 것을 지켜보던 은초가 궁금한 듯 물었다.

"낭자께선 어떻게 하시기를 바라는 겁니까?"

"나중에라도 꼭 상공을 만나서 보답을 하고 싶어요. 그러니 낙양에 계시는 동안 머무실 곳이 어딘지 정도만 가르쳐 주셔도 고맙겠어요."

은초는 머리를 긁적였다. 그로서는 생전 처음 와보는 낙양이고, 지금 막 도착한 판국인데 도대체 어디에 묵을지 어찌 알겠는가.

총명한 혁련상예는 호리네의 그런 형편을 금세 눈치 채고 예쁜 눈을 깜빡거리며 성문 안쪽을 가리켰다.

"성내 안희문(安喜門) 근처에 청월루(淸月樓)라는 객점이 있어요. 내일 유시(酉時:오후 6시)에 거기에서 기다리겠어요. 세 분 꼭 나와주세요."

은초는 반색을 하면서 굽실거렸다.

"잘 알겠습니다! 호리 녀석, 안 가겠다고 하면 혼절을 시켜서라도 끌고 갈 테니 염려 마십시오, 낭자!"

혁련상예는 그제야 마음이 놓이는 듯 은초에게 다소곳이 인사를 하고는 성문 쪽으로 걸음을 옮겼다.

은초는 걸어가는 그녀의 뒷모습에서 눈을 떼지 못한 채 감탄을 거듭했다.

'캬아! 저 늘씬한 뒤태가 천상의 선녀지 어디 사람이라고

할 수 있겠느냐? 하늘거리는 허리에, 살랑거리는 엉덩이하며… 으으… 그야말로 완벽한 몸매다!'

혁련상예는 성문까지 이십여 장 거리를 가면서 다섯 번이나 뒤돌아보았다.

혹시 그사이에 호리가 주루에서 나왔을까 싶어서였지만 호리의 모습은 보이지 않았다.

은초는 그때마다 허리를 굽실거리면서 흐뭇한 표정을 감추지 못했다.

혁련상예가 돌아보는 것이 호리를 찾는다는 것을 알면서도, 짐짓 자신을 돌아보는 것이라 여겼다.

은초는 혁련상예가 성문 앞에 당도했을 때, 성문을 지키고 있는 대여섯 명의 관군들이 그녀를 향해 일제히 깊숙이 허리를 굽히는 것을 발견하고 적이 놀랐다.

'뭐, 뭐야? 저 광경은?'

그가 얼이 빠져서 쳐다보고 있는 동안 혁련상예는 한 번 더 뒤돌아보았다.

그리고는 은초를 향해 가볍게 고개를 숙여 보인 후에 이윽고 성문 안으로 모습을 감추었다.

은초가 성문에서 시선을 거둘 때 주루에서 호리가 나와 곧장 성문으로 걸어갔다.

"호리야, 무황성이 어디에 있는지 알아봤어?"

호리는 대답없이 고개만 끄덕였다.

두 사람이 당당한 걸음걸이로 나란히 성문을 통과할 때 은초는 힐끗 관군들을 쳐다보았다.

허리에 칼을 찬 관군들은 굳은 표정과 날카로운 눈빛으로 행인들을 살피고 있었다.

호리와 은초에게도 관군들의 눈길이 핥듯이 머물렀으나 이내 스쳐 지나갔다.

은초는 관군들이 혁련상예에게 최상의 예를 표했다는 사실을 호리에게 말을 해줄까 하다가 그만두었다.

성문을 통과한 호리는 곧게 뻗은 대로를 익숙한 길처럼 똑바로 걸어갔다.

반면에 은초는 으리으리하고 번화한 낙양 거리를 이리저리 두리번거렸다.

호리는 주루 안에서 무황성이 있는 위치만을 물어보았다.

혁련상예에게 물어볼 수도 있었지만 그러고 싶지 않았다. 만약 그랬다면 필경 그녀는 자신이 안내하겠다고 나설 것이고, 또 돕겠다고 할 것이 분명했다.

그러다 보면 어쩔 수 없이 계속 그녀와 엮이게 될 텐데, 호리는 그것이 싫었다.

그녀를 싫어하는 것은 아니었다. 그러고 말고 할 하등의 이유가 없었다.

단지 지금은 한시바삐 사부를 만나고 무황성에서 사매를 구해내고 싶을 따름이었다.

주루에서 알아본 바에 의하면, 무황성은 낙양성 동문(東門)인 건춘문(建春文) 밖 낙수 강변에 있다고 했다.

낙양성 포구 쪽 성벽이 낙수에 면하여 길게 이어져 있어서 무황성으로 가자면 성내로 들어갔다가 건춘문을 통하여 다시 밖으로 나갈 수밖에 없었다.

지금은 사부나 사매에 대해서 아무것도 모르는 상황이다. 그러니 무황성으로 찾아가서 부딪쳐 보는 것 외에는 달리 방법이 없었다.

은초는 낙양성의 번화한 거리를 구경하느라 잠시 두리번거리다가 이내 호리 곁에서 정면만을 주시하면서 똑바로 걷기 시작했다.

역조의 고도(古都)인 낙양에 거대하고 웅장한 전각들이 우후죽순처럼 많아 처음 오는 사람들의 얼을 빼놓기에 충분하지만 은초는 예외였다.

그는 태어나서 십육 년 동안 무창에서 자랐고, 그 이후에는 항주에서 활동했다.

낙양만은 못하지만 무창과 항주도 고도이며 대도(大都)라서 낙양과 크게 다를 바가 없었다. 대도라면 눈에서 진물이 날 정도로 봐온 터라 낙양 거리는 은초의 관심을 오래 잡아두지 못했다.

그러나 무엇보다 중요한 것은 은초의 성격이다. 그는 비교적 냉정하면서도 실리를 중시 여기는 성격이라서 쉽사리 무엇에 현혹되거나 마음을 뺏기지 않는다.

두 사람은 낙양성 한복판 사거리에서 오른쪽 동쪽으로 뻗은 대로로 접어들었다.

그곳은 여태까지 지나온 상점들이 즐비한 거리와는 달리 거대한 장원과 저택들이 대로 양편에 꽉 들어차 있어서 보는 이를 압도했다.

은초가 힐끗 호리를 쳐다보자 그는 뚫어지게 정면만 주시하고 있었다.

이윽고 두 사람이 건춘문을 나서자 풍경이 확 바뀌었다.

곧게 뻗은 관도 양쪽으로 드넓은 논이 펼쳐져 있었는데, 얼마나 넓은지 그 끝이 보이지 않았다.

호리가 포구의 주루에서 물었을 때, 무황성 가는 길을 가르쳐 준 점소이는 건춘문 밖 토지 전부와 낙양성 내에 있는 상점과 주루, 다루, 전장, 표국의 절반이 무황성 소유라면서 낙양성민들 거의 대부분이 무황성 덕택에 먹고산다고 귀띔해 주었었다.

문득 호리는 은초를 쳐다보더니 그의 팔을 잡았다.

"왜… 어엇?"

은초는 의아한 얼굴로 왜 그러느냐고 물으려다가 화들짝 놀라고 말았다.

휘이익!

갑자기 상체가 뒤로 확 젖혀지면서 몸이 앞으로 화살처럼 튀어나갔기 때문이다.

호리가 은초의 팔을 움켜잡은 채 느닷없이 경공을 전개한 것이다.

사람이 많은 성내에서는 그럴 수 없었지만, 오가는 사람이 드문 이곳에서는 능히 경공을 전개할 수 있었다.

건춘문을 나와 일각쯤 달렸을 때 관도가 끝났다.

대신 관도 끝에 거대한 성채(城砦)가 웅자를 드러냈다.

그 웅장함에 호리마저도 달리는 것을 멈춘 채 잠시 망연히 쳐다볼 정도였다.

"저… 게 무황성인가 보군."

잠시 후 은초가 억눌린 듯한 표정과 말투로 더듬거리자 호리는 정신을 차리고 다시 걷기 시작했다.

무황성이란 이름에 왜 성(城)이 들어갔는지 알 것 같았다.

족히 백여 채가 넘을 듯한 고루거각(高樓巨閣)들이 높은 성벽 안에 가득 들어차 있었다.

호리가 있는 곳에서 무황성의 성벽 좌우의 끝이 보이지 않을 정도로 거대했다.

우두두—

호리와 은초가 무황성 성문을 향해 걷고 있을 때 한 대의 마차가 두 사람 곁을 스쳐 지나갔다.

관도 끝에는 무황성밖에 없으므로, 이 길을 오가는 사람은 모두 무황성에 볼일이 있는 셈이다.

이윽고 두 사람은 성문 앞에 다다랐다.

높이 오 장, 폭 삼 장의 거대한 성문은 굳게 닫혀 있었고, 성문 위에는 이층의 성루(城樓)가 있었다.

성문 양옆에는 이십 명의 무사가, 성루에는 열 명의 무사, 즉 무황성 감문위사들이 질서있게 도열해 있었다.

위풍당당한 모습이라서 웬만한 사람은 보는 것만으로도 압도당할 것 같았다.

조금 전에 호리와 은초를 질풍같이 스쳐 지나갔던 마차는 그제야 감문위사의 세밀한 검문을 끝내고 성문 옆 작은 문을 통해 들어갔다. 작은 문이라고 해도 웬만한 장원의 전문보다 더 컸다.

은초는 조금 위축된 듯했지만, 호리가 성문을 향해 똑바로 걸어가자 정신을 차리고 뒤를 바짝 따랐다.

"무슨 일로 본 성에 오셨소?"

열 명의 감문위사 중에서 조장으로 보이는 자가 손을 뻗어 멈추라는 시늉을 하면서 정중히 물었다.

일개 감문위사에 불과하면서도 흐트러짐이 없는 당당한 몸가짐을 가졌다.

또한 호리와 은초가 일개 소년인데도 함부로 대하지 않고 정중한 예의를 갖추는 것으로 미루어, 가히 무황성의 공명정대함과 위세를 짐작할 수 있었다.

"이소성주를 만나러 왔소."

호리는 조장과 일 장 거리를 두고 우뚝 마주 서서 조용히 대답했다.

조장의 얼굴에 가벼운 놀라움이 번졌다.

"실례지만 누구십니까?"

원래 정중했던 조장의 말투가 한층 공손하게 변했다. 호리와 은초가 이소성주를 들먹이자 그와 친분이 있는 것으로 여겨졌기 때문이다.

조장은 그러면서 빠르게 호리와 은초의 모습을 살펴보았다.

둘 다 아직 앳된 소년이지만 어깨에 검을 메었으니 무림인이 분명했다.

은초는 눈초리가 약간 올라가고 턱이 뾰족해서 날카로운 인상을 풍기지만 그리 특출한 것 같지는 않았다.

그러나 호리는 달랐다. 조장에 비해 머리 하나는 더 큰 키에, 떡 벌어진 어깨와 균형 잡힌 체구였다.

그렇지만 그런 근사한 체구도 그의 무심한 표정과 심연처럼 깊숙이 가라앉은 눈빛에는 미치지 못했다.

'무시 못할 소년 고수다!'

호리의 얼굴을 응시하는 조장의 온몸이 긴장으로 굳어졌다.

"나는 호리라고 하오. 이소성주는 안에 있소?"

'호… 리? 여우라고?'

조장의 얼굴빛이 흐려졌다. '무시 못할 고수'와 '여우'라는 이름이 조화를 이루지 않았기 때문이다.

"무슨 용무입니까?"

그래도 그는 공손함을 잃지 않았다. 이름이 여우든 뭐든, 상대는 이소성주를 찾아왔지 않은가.

호리는 가볍게 미간을 좁혔다. 문득 성가시다는 생각이 든 것이다.

"말해야 하오? 그냥 들여보내 주던가. 이소성주를 나오라고 하면 안 되겠소?"

그 말에 조장은 물론 감문위사들 모두가 어이없다는 표정으로 호리를 쳐다보았다.

그들의 표정을 굳이 말로 설명한다면 '지금 농담하나?' 정도일 것이다.

그래도 조장의 인내심은 계속됐다.

"그럴 수는 없습니다. 용무를 말씀하시면 이소성주께 통보를 해드리겠습니다."

호리는 설명을 할 수밖에 없다고 생각했다.

"넉 달쯤 전에 이소성주가 산동성 봉래현이라는 곳에 간 적이 있었소?"

조장은 잠시 생각하다가 대답했다.

"이소성주께서 어딜 가셨는지는 모르지만, 그즈음에 여행을 다녀오신 것은 맞습니다."

"그때 이소성주는 봉래현에서 한 소녀를 데리고 왔소."

호리는 '강제납치'라는 말을 쓰지 않으려고 애를 썼다. 성문에서부터 괜한 분란을 일으켜서 좋을 게 없다고는 판단했기 때문이었다.

"나는 그 소녀의 사형이오. 그녀가 아직 이곳에 있는지 알고 싶고, 만약 있다면 그녀를 데려가려고 온 것이오."

조장은 고개를 가로저었다.

"나는 모르는 일이오."

갑자기 조장의 말투가 급변했다. 호리가 찾아온 용무를 확인했기 때문이다. 그러나 공손함이 사라졌을 뿐이지 여전히 정중했다.

"내 사매가 이 성안에 있는지 확인해 줄 수 있소?"

"사매 이름이 무엇이오?"

"조연지."

조장은 즉시 성문 안으로 들어갔다가 잠시 후에 나왔다.

"안쪽의 성위무사(城衛武士)에게 한 번 알아보라고 했으니 기다리시오."

감문위사는 성문과 성의 바깥쪽을 지키고 성위무사는 성 안쪽을 순찰하는 임무를 맡고 있다.

호리는 가볍게 고개를 끄덕이고 몸을 돌리려다가 뭔가 생각이 난 듯 다시 조장에게 물었다.

"혹시 그즈음에 한 노인이 이곳에 와서 조연지를 찾은 일이 없었소?"

조장은 잠시 고개를 갸웃거리더니 생각난 듯 대답했다.

"그러고 보니까 그런 일이 있었던 것 같소. 이소성주께서 여행에서 돌아오시고 나서 열흘쯤 후에 한 노인이 본 성에 찾아와서 이소성주가 납치해 간 딸을 내놓으라고 생떼를 쓴 일이 있었소."

조장은 어이없다는 표정을 지으며 고개를 가로저었다.

"그 노인의 딸이 이곳에 있을 리가 없지 않겠소? 억지도 유분수지."

"노인은 어찌 됐소?"

"그때 사흘쯤 연이어 찾아와서 생떼를 쓰고 무림에 알리겠다고 협박을 해대고, 본 성에 드나드는 사람들을 붙잡고 하소연을 하더니만 그 후로는 오지 않았소."

조장은 말하다가 무엇이 생각났는지 호리에게 물었다.

"혹시 그 노인을 알고 있소?"

"사부님이시오."

조장은 적잖이 놀라는 듯하더니 호리를 같잖게 여기는 표정이 얼굴에 엷게 떠올랐다.

그의 기억에 남아 있는 넉 달 전 초라한 시골 영감의 모습에 호리를 연결시키니 자신도 모르게 둘을 한 부류라고 폄하해 버린 것이었다.

아무리 엄격한 교육을 받고 수양을 쌓았다고 해도 강자에겐 약해지고, 약자에겐 강하게 변하는 인간의 본성은 어쩔 수 없는 모양이었다.

"그렇다면 귀하가 찾는 사매가 그 노인이 내놓으라고 생떼를 쓰던 그 딸이오?"

"그렇소."

조장은 손을 휘휘 저었다.

"그렇다면 그녀는 본 성에 없소. 그때도 자세히 알아봤었는데, 그 노인의 딸은 없었소."

호리는 대꾸하지 않고 성문에서 옆으로 약간 물러나 생각에 잠겼다.

'사부님께선 왜 사흘 동안만 무황성에 찾아오고 다음날부터는 찾아오지 않으시고 다른 조치도 취하지 않으신 것일까? 무황성에 연지가 없다는 감문위사의 말을 그대로 믿고 봉래현으로 돌아가셨을까?

그럴 리가 없다. 호리가 알고 있는 사부는 그렇게 호락호락한 성격이 아니다.

이소성주가 연지를 강제로 납치한 것이 아니라면, 사부가 봉래현을 떠나 이곳까지 왔을 리가 없다.

이소성주가 연지를 납치한 것은 분명한 사실인 것 같다. 그런데 사부가 어찌 연지를 구해내지도 못한 채 혼자 봉래현으로 돌아갔겠는가.

아니, 사부는 연지의 얼굴조차 보지 못했다. 그런데도 나흘

째부터는 무황성에 찾아오지도 않았다는 것이다.

'사부님 신변에 무슨 일이 생긴 것이 틀림없다.'

호리는 극심한 갈증을 느꼈다. 그것은 물을 마신다고 해결될 갈증이 아니었다.

연지는 자신의 거처인 낭원의 사일루 오층 노대(露臺:발코니)에서 언제나 그랬던 것처럼 먼 동쪽 하늘을 망연히 바라보고 있었다.

이곳에 끌려온 지 벌써 넉 달이나 지났다. 그녀에게 딸린 하녀가 극진히 시중을 들고, 끼니때마다 식탁에 고량진미(膏粱珍味)가 가득 차려지지만, 넉 달이 지난 지금 그녀는 매우 수척해져 있었다.

사형인 고영과 아버지가 너무도 보고 싶어서 마음의 병이 생겼기 때문이었다.

그래서 입맛이 없었다. 아니, 음식을 입에 넣으면 쓸개처럼 써서 도저히 삼키지를 못했다.

그래도 살아야 한다는 생각에 겨우 몇 젓가락만을 먹으니 몸이 마르는 것은 당연했다.

수척해졌다고 해서 그녀가 지니고 있는 본래의 아름다움이 사라진 것은 아니다.

아니, 오히려 키가 더 커 보였으며, 밖에 나가지 않으니 얼굴이 창백하다 못해 반투명한 백옥처럼 은은하게 광채가 어른거려서 순결함과 청초함이 더해졌다.

끼이…….

그때 아래쪽에서 문소리가 나자 연지는 하늘에서 시선을 거두어 무심코 그곳을 바라보았다.

사일루 앞쪽에 펼쳐진 널따란 정원 너머 낭원의 문이 반쯤 열려 있는 것이 보였다.

그리고 문을 경계로 안과 밖에 한 명씩의 무사가 마주 보고 서서 대화를 나누고 있었다.

"혹시 이곳에 조연지라는 소녀가 있소?"

낭원 문밖에 서 있는 성위무사가 문 안쪽의 낭원 호위무사에게 물었다.

성위무사는 성문을 지키는 감문위사 조장의 명으로 무황성 전체를 돌면서 조연지라는 소녀를 찾고 있는 중이었다.

호위무사는 생각해 볼 것도 없다는 듯 고개를 가로저었다.

"없소."

"알았소."

성위무사는 대답을 들은 즉시 돌아섰고, 호위무사는 문을 닫고 그 옆에 우뚝 섰다.

문득 호위무사는 저 멀리 사일루의 오층에서 이쪽을 굽어보고 있는 한 소녀를 발견하고 공손히 허리를 굽혔다.

그러나 소녀는 보지 못한 듯 고개를 들어 아까처럼 먼 하늘을 바라보았다.

사실 호위무사는 그녀가 누군지 전혀 모른다. 그저 이소성주의 여러 여자 중 한 명쯤으로 알고 있을 뿐이다. 그러므로 당연히 이름도 모른다.

소녀, 연지는 사일루 오층에서 직선거리로 오십여 장 떨어진 낭원 입구에서의 두 사람의 대화를 듣지 못했다.

공력은 있지만 겨우 삼십 년 수준이라 남의 대화를 듣는 한계 거리가 이십 장 내외에 불과하다.

지척에 호리가 와 있다는 사실을 까맣게 모르고 있는 그녀는 다시 먼 동쪽 하늘을 바라보면서 사형인 고영을 그리워하기 시작했다.

한 시진만에 성 안에서 조장에게 기별이 왔다.

조장이 작은 성문을 열고 들어가자 호리는 청력을 돋우어 대화를 엿들었다.

"칠 조장님, 조연지라는 여자는 성내에 없습니다."

누군가의 말소리가 호리의 귀에 또렷하게 들려왔다. 성내를 한 바퀴 돌고 온 성위무사의 말이었다. 예상은 하고 있었지만 힘이 쭉 빠졌다.

"그런 사람은 없소."

조장은 마치 자신이 직접 성 안으로 들어가서 구석구석 찾아본 것처럼 자신있게 말했다. 그만큼 성위무사를 믿는다는 뜻이었다.

호리는 조장이 할 수 있는 한도 내에서는 최선을 다했다는 것을 알고 있다.

조장의 지시를 받은 성위무사는 한 시진에 걸쳐서 무황성 안을 돌면서 제 나름대로는 열심히 조연지가 있는지 실제로 찾아보았을 것이다.

아니, 일개 성위무사가 무황성 내 백여 채의 고루거각들을 드나들면서 방마다 다 뒤져 보지는 않았을 것이다.

그저 각 전각을 돌면서 그곳을 지키는 호위무사들에게 조연지라는 사람이 있는지의 여부를 물었을 것이다.

낯선 사람의 방문에 그 정도까지 성의를 보였다면 최선을 다했다고 할 수 있다.

호리는 여태까지와는 달리 약간 우호적인 표정을 지으며 조장에게 물었다.

"무황성은 매우 거대한 것 같은데, 도대체 전각이 몇 채나 되는 것이오?"

호리가 화제를 다른 것으로 돌리자 조장은 약간 귀찮은 표정을 지으며 건성으로 대답했다.

"총 백십칠 채의 전각이 있소."

"당신 정도 지위면 그 백십칠 채의 전각에 마음대로 출입할 수 있소?"

조장은 고개를 가로저었다.

"어림도 없는 소리요. 나는 일개 조장일 뿐이고, 조장이 출입할 수 있는 전각은 채 삼분의 일도 되지 않소."

"그렇다면 이소성주의 거처에도 들어가지 못하겠구려."

"당연하오. 성주님 직계가족들의 거처인 일각삼원(一閣三苑)은 성주님과 직계가족들, 그리고 무황오룡위(武皇五龍衛)만 출입할 수 있소."

"일각삼원 중에서 이소성주는 어디에 묵고 있소?"

"낭원이오. 그런데 그것은 왜……."

조장은 무심코 대답하고 나서 의아한 표정을 지으며 반문하려다가 이상한 낌새를 느끼고 말을 흐렸다.

호리의 질문이 결국 이소성주로 귀결됐기 때문이다.

조장이 갑자기 눈을 세모꼴로 만들고 오달진 표정을 지으며 적의를 드러냈다.

"수상하군! 너는 혹시 마황부의 첩자가 아니냐?"

사매를 찾으러 왔는데 마황부의 첩자라니, 호리는 어이없는 표정을 지었다.

문득 호리는 마황부가 선황파를 전멸시켰으며, 낙녕현과 선양현 일대에서 살육에 가까운 추격전을 벌이고 있었던 것을 기억해 냈다.

그 피바람이 휘몰아치고 있는 곳에서 무황성까지는 불과 백여 리가 떨어져 있을 뿐이다. 그러니 무황성이 극도로 긴장하고 있을 것은 당연했다.

그런 상황에 호리가 무황성 내부에 대해서 꼬치꼬치 물었으니 조금 지나친 과민반응이긴 하지만 의심을 한다고 해도 이상한 일이 아니었다.

"무슨 소리요? 내가 이곳에 사매를 찾으러 왔다는 것을 모르는 것이오?"

호리는 짐짓 발을 구르며 정도 이상으로 목소리를 높였다.

그의 실력이라면 성문와 성루를 지키는 감문위사 정도는 순식간에 해치울 수가 있다.

그러나 그것뿐이다. 그다음에는 어떻게 할 텐가? 무황성에 침입하여 무작정 연지를 찾아 헤매겠는가?

턱도 없는 소리다. 그는 몇 걸음도 가기 전에 무황성 고수들에게 포위될 것이 뻔하다.

그렇게 되면 결과는 두 가지밖에 없다. 무황성 안에서 어이없이 개죽음을 당하든가. 아니면 운이 좋아 빠져나온다고 해도 쫓기는 신세가 되어 낙양성 내에서는 발붙일 곳이 없을 것이다.

그렇게 되면 사매와 사부를 찾는 일은 곱절, 아니, 몇 배 힘들어질 것이 분명하다.

그러므로 지금 이 순간에 발작을 일으키는 것도, 마황부의 첩자라고 오해를 받는 것도 어떻게든 피해야만 한다.

"나는 당신들 말을 믿지 않소! 사매는 무황성에 있는 게 분명하니 어서 사매나 만나게 해주시오!"

호리는 자신들이 애꿎게 누명을 쓰게 될까 봐 안 될 줄 알면서도 괜한 강짜를 부렸다.

 조장은 꺼져 가는 불씨를 잘못 건드렸다 싶은 표정을 짓더니 강경하게 두 팔을 저었다.

 "당신이 찾는 여자는 이곳에 없다는데도 계속 억지를 부린다면 정녕 흉한 꼴을 보게 될 것이오! 당장 물러가시오!"

 호리는 오 장 높이의 견고한 무황성의 성벽을 쳐다보았다.

 성루에서도 감문위사들이 고압적인 자세로 호리를 굽어보고 있었다.

 호리는 일부러 쓸쓸하게 어깨를 늘어뜨리고 발길을 돌렸다.

 눈치 빠른 은초는 호리의 뜻을 즉시 알아차리고 마치 며칠 굶은 사람처럼 발까지 질질 끌면서 호리의 뒤를 따랐다.

 은초는 짐작하고 있다. 호리는 무슨 일이 있어도 사매 연지를 구하기 전에는 포기하지 않는다는 것을, 그리고 속으로 이미 무슨 계획을 꾸미고 있다는 사실을.

 지금 힘없는 뒷모습을 보이고 걸어가는 것은, 장차 무슨 일이 벌어진다고 해도 의심받지 않기 위해서라는 사실도.

 호리와 은초는 무황성 성문에서 수백 장이나 멀어졌는데도 여전히 어깨를 축 늘어뜨린 채 걸었다.

 그그긍!

 "……!"

그때 호리는 뒤쪽에서 뭔가 육중한 소리를 들었다. 그는 그것이 성문이 열리는 소리라고 판단했다.

뒤이어 요란한 파공성이 들렸다. 수백 명이 경공술을 전개하여 쏘아오는 소리였다.

호리와 은초는 넓은 관도 한복판을 힘없이 걸어가고 있는 중이었다.

그렇지만 짐짓 파공성을 듣지 못한 것처럼 비키지 않고 계속 걸어갔다.

파공성이 십여 장 뒤에 이르렀을 때에야 비로소 은초도 들을 수 있었다.

소정심법을 두어 달 남짓 끊임없이 운공한 그에게 아직 이렇다 할 공력은 없지만, 기력(氣力)이라고 할 수 있는 정도는 생긴 상태라서 십여 장 후방의 파공성은 감지할 만한 능력을 지니고 있었다.

그가 비키지 않은 것은 호리가 이심전각의 수법으로 그냥 걸어가라고 지시했기 때문이었다.

"비켜라!"

갑자기 배후에서 쩌렁한 호통 소리가 터졌다.

호리와 은초는 일부러 깜짝 놀라는 얼굴로 뒤돌아보다가 더욱 놀라는 표정을 지으며 황망히 관도 가장자리로 비틀거리면서 비켜났다.

쉬익! 휘익! 휘이익!

다음 순간 일단의 무리가 호리와 은초 옆을 질풍처럼 스쳐 지나가고 있었다. 그와 동시에 호리는 쓰러지면서 길가의 나무를 잡는 척하며 재빨리 그들을 살펴보았다.

막 스쳐 지나가는 선두의 인물들이 보였다.

거의 일렬로 쏘아가고 있는 인물은 모두 다섯 명이었다.

좌로부터 홍의장포, 청의장포, 백의장포, 금의장포, 황의장포를 입은 자들이었다.

호리가 보기에 그들 다섯 명이 모두 장포를 입은 것으로 미루어 무황성 내에서의 지위가 같은 듯했다.

그중에서도 복판에 백의장포를 입고 있는, 즉 백포인이 상급자인 것 같았다.

같은 지위라고 해도 복판은 상급자가 차지하는 것이 통례이기 때문이다.

호리의 짐작은 정확했다. 그들은 무황성에서 성주 일족을 제외하고 가장 높은 지위인 무황오룡위 중에서 다섯 명이었다.

한복판의 백포인이 일위인 천룡위다. 그의 임무는 성주를 보좌하고 호위하는 것이다.

그의 오른쪽 금포인이 이위인 금룡위. 성주의 부인을 그림자처럼 호위한다.

천룡위 왼쪽의 청포인이 삼위인 청룡위(靑龍衛)고 대공자인 혁련천풍을 호위.

가장 오른쪽의 황포인이 황룡위이며 이소성주를 호위하고, 맨 왼쪽의 홍포인이 오위인 적룡위(赤龍衛)로서 삼소성주를 호위하고 있는 인물이다.

호리가 다섯 명의 면면을 자세히 살펴볼 겨를도 없이 선두가 쏜살같이 스쳐 지나갔다.

그때 맨 오른쪽에 있는 인물, 즉 황룡위가 힐끗 호리를 돌아보았다.

호리는 선두 다섯 명에게서 시선을 떼지 않고 있었기 때문에 자연히 두 사람의 눈길이 마주쳤다.

황룡위는 네모각진 얼굴에 부리부리한 눈과 짙은 눈썹을 지닌 중후한 용모의 사십오륙 세가량의 중년인이었다.

그와 시선이 마주친 순간 호리는 그의 눈빛이 한 자루 비수 같다는 느낌이 들었다.

그런데 그 비수는 호리의 눈이 아닌 심장으로 깊숙이 파고들었다. 호전적인 눈빛은 눈을 찌르지만 의미있는 눈빛은 심장, 즉 마음을 찌른다.

호리는 안력을 돋운 상태이기 때문에 그 순간 황룡위의 동공이 가볍게 흔들리는 것을 놓치지 않았다.

그리고 호리는 그 동공의 흔들림이 무엇을 의미하는지 즉시 알아차렸다.

'저자는 나를 알고 있다!'

무황성의 황룡위가 호리를 알고 있을 리가 없다.

그렇지만 호리는 자신의 직감을 믿었다. 무황성에서 호리의 얼굴을 알고 있는 자라면 오직 한 가지 경우에만 해당될 것이다.

'저자였군! 색혈루에 나를 죽이라고 청부한 자가!'

호리는 반사적으로 그렇게 확신했다. 하지만 얼굴에는 추호도 그런 기색을 떠올리지 않았다.

오히려 얼굴을 일그러뜨리면서 바보 같은 표정을 지었다. 순간적으로 공력을 얼굴로 보내 눈을 찌그러지게 하고 코를 뒤집어 들창코처럼 만들었다.

공력으로 얼굴을 순간적으로 약간이나마 변형시키는 것이 가능한지 어떨지는 호리도 알지 못한다.

지금 이 순간 처음 시도해 보는 것이고, 그렇게 해야만 할 것 같았으니까.

그런데 그의 모습은 그가 기대했던 것보다 훨씬 더 많이 일그러져 버렸다.

양쪽 눈초리가 축 처지고, 코가 뒤집어진 형편없는 추남의 모습으로 변모한 것이다.

'잘못 본 것인가?'

황룡위는 고개를 갸웃거리며 호리에게서 시선을 거두었다.

그는 자신이 모시고 있는 이소성주가 주었던 전신(傳神:초상화)에 그려져 있던 고영이라는 소년의 얼굴을 아직도 생생하게 기억하고 있다.

그 전신은 그를 통해서 색혈루주인 혈인요수에게 전달됐었다.

하지만 호리는 황룡위가 고개를 갸웃거리는 모습까지도 놓치지 않았다.

무황오룡위의 뒤를 이어 홍, 황, 청의경장 차림의 고수들 오백여 명가량이 태풍이 휩쓰는 것처럼 지나갔다.

그때 호리의 시선이 그들 중에서 황의경장인에게 고정됐다.

그들은 어제 이른 아침에 낙수 강가 초원에서 호리가 구해주었던 오십여 명의 황의경장인들과 똑같은 복장을 했고, 같은 견장(肩章)을 한 모습이었다.

'그들이… 무황성 고수였다는 말인가? 그렇다면 혁련천풍과 혁련상예 남매는?'

호리는 뒤통수를 한 대 호되게 얻어맞은 것 같은 기분이 들었다.

혁련천풍 남매는 황의경장인들의 윗사람이다. 그렇지만 그들의 신분이 무엇인지는 모른다.

호리는 그들 남매가 무황성 사람이라는 것을 미리 알았더라면 절대 구해주지 않았을 것이다.

설사 호리 눈앞에서 그들 남매가 처절하게 죽어가는 모습을 목격했더라도 야멸치게 외면했을 것이다.

아니, 오히려 통쾌하게 여겼을지도 모르는 일이다. 무황성이라면 이가 갈리는 호리가 아닌가.

"빌어먹을!"

그의 입에서 씹어뱉는 듯한 소리가 흘러나왔다.

"왜 그래?"

은초는 의아한 얼굴로 호리를 쳐다보며 묻다가 화들짝 놀라서 뒤로 물러섰다.

"으앗! 너… 누구냐?"

호리의 얼굴은 여전히 눈초리가 처지고 들창코의 형편없는 추남이었다.

第五十三章
참마검객(斬魔劍客)

一擲賭者
乾坤

낙양성 내로 돌아온 호리는 가장 처음에 마주친 사람에게 다짜고짜 물었다.

"무황성주 이름이 무엇이오?"

무림인으로 보이는 장한은 어이없다는 듯한 표정으로 대답했다. 아니, 그것은 차라리 윽박지름이었다.

"아니, 낙양성 대로를 활보하고 다니면서 무황성주님 존함도 모르다니 말이 되냐? 무황성주님 별호는 금도절이시고, 존함은 혁련필이시다! 그리고 우내십절의 한 분이시지!"

호리는 인상을 쓰지 않으려고 애쓰면서 내처 물었다.

"혁련천풍과 혁련상예라는 이름을 아시오?"

장한은 더욱 으르딱딱거렸다.

"이런~ 우라질 어린놈들아! 귀를 깨끗이 씻고 똑똑히 들어라! 혁련천풍은 무황성주님의 장남인 대공자님의 존함이시고, 혁련상예는 삼소성주, 즉 무황성주님의 장중주(掌中珠)라 이거다! 알아들었느냐?"

뻑!

"으악!"

더 들을 것이 없는 호리는 주먹을 뻗어 표사의 콧잔등에 적중시키고는 휙 몸을 돌려 걸어갔다.

공력도 실리지 않은 그 일권에 표사는 코뼈가 내려앉은 채 뒤로 대여섯 걸음이나 비틀거리며 물러났다가 그 자리에 퍼질러 앉아버렸다.

호리의 성질 같았으면 당장 목을 비틀어버리고 싶었지만, 낙양성 대로상에서 살인을 저지르고 싶지는 않았기에 그 정도로 분을 삭인 것이다.

낙양포구에도 어김없이 밤이 찾아왔다.

백여 리 밖 선양에서 벌어졌던 마황부에 의한 선황과 괴멸이라는 여파는 하루 늦게 낙양에 전해졌다.

만약 낙양성의 주인이나 다름이 없는 무황성이 그 싸움에 개입하지 않고, 또 무황성에 피해가 없었다면 낙양성민들은 마황부가 발호를 하거나 말거나 선황파가 전멸을 했든 말든 상관하지 않았을 것이다.

그러나 전란(戰亂)이 발생해서 성민들이 떼 지어 몰려 나와 남부여대(男負女戴) 피난을 가는 일 같은 것은 없었다.

다만 무황성이 어찌 될 것인가. 추이를 지켜보는 정도지만, 사람들은 무황성이 잘못될 것이라고는 누구도 걱정하지 않는 분위기였다.

"계획을 말해봐."

세 사람이 호리궁 중간층 주방의 식탁에 둘러앉아 늦은 저녁식사를 끝내고 난 후에 은초가 호리에게 물었다.

이미 호리가 계획을 세웠을 것이라고 믿는 은초였다.

"없어."

호리가 굳은 얼굴로 대답하자 은초는 말도 안 된다는 표정을 지었다.

"지금 호리 네 사매를 구해낼 아무런 계획이 없다고 말한 것이냐?"

"응."

"그럼 사매를 구하지 않을 거냐?"

"아니, 꼭 구해야지."

"계획이 없다며?"

"만들어야지, 무엇이라도."

그러고 나서 호리는 입을 다물었다.

참마검객(斬魔劍客) 205

은초는 그가 생각에 잠겨드는 모습을 보면서 자신도 연지를 구해낼 방법에 대해서 한 번 궁리해 보기로 했다.

서당개 삼 년이면 풍월을 읊는다고 하지 않던가. 저 유명한 항주성의 호리와 삼 년 동안 협잡을 했으니 머리를 쥐어짜면 뭔가 그럴듯한 말계라도 떠올라줄 것 같았다.

철웅은 호리궁만 지키고 있어서 호리와 은초가 무황성에서 무슨 일이 있었는지 모르는 상태고, 더구나 원래 계획하고 궁리하는 것과는 거리가 먼 성격이라 슬그머니 일어나 수련실로 향했다.

요즘 그의 관심사는 오직 무공 연마뿐이었다.

자신의 할 일이 끝나고 나면 부리나케 수련실로 달려가 소정심법을 운공하고, 또 호선에게 배운 비전도법을 연마한다.

원래 잠이 많은 그가 잠자는 시간조차 아까워서 하루에 두세 시진만 자고 꼭두새벽에 일어나 무공 연마를 하는 경우가 허다했다.

항주성 시절의 그는 그저 천성적인 괴력만 믿고 주먹이나 휘두르는 수준에 불과했었고 초식 같은 것은 아예 몰랐었지만, 지금은 그때에 비해 최소한 열 배 이상은 강해졌다.

그렇지만 점수를 후하게 준다고 해도 아직 무림의 삼류무사 정도 수준에 불과했다.

언제나 그렇듯이 철웅의 목표는 호리다. 호리만큼 강해질 때까지 그는 무공 연마를 멈추지 않을 것이다.

은초는 아무리 머리를 쥐어짜 내고 쥐어박기까지 해도 좋은 방법이 생각나지 않았다.

아까 초저녁에 봤던 무황성의 어마어마한 위용만 눈앞에 아른거리면서 '이것은 계란으로 바위를 치는 격이다'라는 생각만 머릿속에서 맴돌 뿐이었다.

그는 호리를 쳐다보았다. 호리는 짙은 눈썹을 약간 찌푸린 채 깊은 생각에 잠겨 있었다.

'역시 호리한테도 무황성은 무리인가?'

오직 사매를 구하겠다는 일념으로 백여 일이나 걸려서 여기까지 왔는데, 무황성을 목전에 두고서도 어떻게 해볼 방법이 없으니 얼마나 답답하겠는가라고 생각하며 은초는 연민 어린 표정으로 호리를 응시했다.

사실 호리는 연지보다도 사부를 찾는 일이 급선무였다.

그러나 사부가 낙양성에 있을 것 같다는 생각은 들지 않았다.

만약 그랬다면 어째서 사부가 무황성에 사흘만 찾아오고 말았겠는가.

'사부님이나 사부의 흔적을 찾아야 한다. 이곳에서 사흘 동안 묵으셨다면 이딘가에는 반드시 사부님의 흔적이 남아 있을 것이다.'

그렇다고 이 넓은 낙양성을 일일이 다리품을 팔면서 돌아다니며 찾을 수도 없는 노릇이었.

"그렇군!"

"참! 호리야."

좋은 생각이 떠오른 호리가 손으로 무릎을 친 것과, 은초가 호리를 부른 것은 동시였다.

"응?"

"좋은 생각이 떠올랐어?"

은초는 기대 어린 얼굴로 물었다.

"너부터 말해봐."

"아까 그 낭자 말이야."

은초는 혁련상예의 이름도 모른다. 이 궁리 저 궁리 하다 보니까 불현듯 그녀와의 약속이 떠오른 것이다.

"내일 유시에 청월루라는 곳에서 만나자고 하던데……."

순간 호리의 눈이 가볍게 빛났다.

그러나 은초는 시무룩한 얼굴로 고개를 가로저었다.

"지금 같은 상황에서 그녀를 만나는 것은 역시 무리겠지?"

"만나자."

기대하지 않았던 대답에 은초는 깜짝 놀랐다.

"뭐? 내일 그녀를 만나겠다고 말한 거야?"

"그래."

"믿기 어렵군. 이런 상황에 네가 한가하게 여자를 만나겠다고 하다니……."

은초는 말하다가 호리의 눈빛을 보고 움찔 가볍게 놀랐다.

그는 호리의 그런 눈빛을 가끔 본 적이 있었다. 누군가에게 사기를 치기 위해서 완벽한 계획을 세웠을 때, 지금 같은 잔인하고도 비정한 눈빛을 흘려내곤 했었다.

"그런데 그 눈빛은 뭐야?"

"은초야, 너 아까 코뼈 부러진 놈이 한 말 기억하지?"

"응."

"무황성주의 딸이 누구랬지?"

"혁련상예라고 했지 아마?"

"내일 유시에 만날 여자가 바로 그녀다."

은초의 두 눈이 휘둥그레졌다.

"뭐, 뭐야? 그녀가 무황성주의 딸이었다고? 그게 사실이야?"

"그래."

이어서 호리는 어제 이른 아침에 자신이 마황부의 마풍사로군이라는 자들을 죽이고 혁련상예 남매를 구해주었던 일을 설명해 주었다.

얼마나 놀랐는지 은초의 눈이 더욱 커지고 입까지 쩍 벌렸는데 침이 주르륵 흘러내렸다.

"그럼… 니가 무황성 대공자와 삼소성주… 그리고 수십 명의 생명의 은인이라는 거로군!"

호리는 쓰디쓴 표정을 지었다.

"달갑지 않은 생명의 은인이지."

"그렇다면 아까 무황성에 갔을 때 감문위사들에게 그런 사실을 얘기하고 대공자와 삼소성주를 만나게 해달라고 그러지 그랬어? 그 두 사람 정도의 지위면 네 사매를 구해줄 수 있지 않겠어? 만약 사매가 무황성에 있다면 말이지."

"그들 남매의 신분을 알고 있었다면 그랬을지도 모르지."

은초는 흥분하여 손을 저었다.

"괜찮다! 오늘만 날이 아니잖아! 내일 날이 밝는 대로 무황성에 다시 찾아가서 대공자와 삼소성주에게 사매를 풀어달라고 부탁하면 되지 뭐!"

호리는 고개를 가로저었다.

"만약 이소성주라는 놈이 연지를 깊은 곳에 감추거나 빼돌리고서 납치 사실을 극구 부인한다면? 또 대공자나 삼소성주의 능력으로도 이소성주에게서 연지를 구해내지 못한다면 어쩔 건데?"

"음! 그… 럴 수도 있겠군."

은초는 신음을 흘렸다.

"비불외곡(臂不外曲). 팔은 안으로 굽지 밖으로는 굽지 않는다. 대공자와 삼소성주가 자신들의 형제보다 내 편을 들어줄 것이라고 어떻게 장담하겠느냐?"

"그렇지. 생명의 은인이니 뭐니 입으로는 떠벌리면서도 뒷구멍으로는 무슨 짓을 할지 모르는 게 더러운 인간의 본성이야. 더구나 명문정파니 대방파의 거들먹거리는 떨거지 놈들은 한술 더 뜨지."

은초는 고개를 끄덕이고 나서 힘 빠진 표정으로 물었다.

"그럼 사매는 어쩔 건데?"

"혁련상예를 납치한다."

"뭐야?"

은초는 너무 놀라서 자신도 모르게 벌떡 일어섰다.

그러나 호리는 꼿꼿하게 앉아서 냉정한 얼굴로 말을 이었다.

"그리고 혁련상예와 사매를 맞바꾼다."

"그게… 가능할까?"

호리는 어금니를 악물었다.

"이에는 이, 눈에는 눈이다. 가능하게 해야지."

"저쪽에서 무력으로 나온다면? 아니면 사매에게 해코지를 한다거나."

호리는 주먹을 움켜쥐었다.

"나도 똑같이 해준다. 혁련상예를 죽일 수도 있어."

은초는 적잖이 놀라는 표정을 지었다.

"네 각오가 그렇게까지 대단하다니……."

그는 씩 미소를 짓고 나서 강인한 표정으로 고개를 끄덕였다.

"좋아. 무슨 일이든 시켜만 줘."

호리가 일어나서 풀어두었던 칠룡검을 어깨에 메는 것을

보며 은초가 물었다.

"너, 조금 전에 뭔가 좋은 방법이 생각났던 것 아니었냐?"

"그래. 지금 그걸 실행하러 갈 거야."

"같이 가자."

은초는 그게 무엇인지 묻지도 않고 따라 일어섰다.

"물론이지."

하오문인 구사문 총단이 있는 위치를 알아내는 것은 그리 어려운 일이 아니었다.

거리에 흔한 거지에게 구리돈 한 냥을 주자 친절하게 호리와 은초를 구사문 입구까지 안내해 주었다.

그곳은 으리으리한 장원이었으며, 전각이 십오륙 채는 족히 될 정도로 규모가 컸다.

온갖 더럽고 야비한 방법으로 돈을 벌어들여서 떵떵거리며 살고 있는 것이다.

뚜두둑!

"야아! 이거 벌써부터 막 흥분이 되는걸?"

은초가 두 주먹을 맞잡고 손가락 뼈마디를 힘있게 꺾으면서 득의한 미소를 흘렸다. 그 미소 속에는 잔인함도 얼마간 깃들어 있었다.

"후후후. 항주성에서 삼 년 동안이나 우리 등을 쳐 먹었던 복사파 놈들 윗대가리들이 모여 있는 구사문 총단을 내 손으로 작살을 내게 되다니, 몸이 근질거리는구나. 이거."

장원 안에서 뚱땅거리는 악기 소리와 왁자한 웃음소리, 여자들의 교성이 흘러나오고 있는 것으로 미루어 연회라도 벌어지고 있는 듯했다.

은초가 눈을 반짝이며 호리를 쳐다보았다.

"어떻게 할까?"

호리는 간단하게 대답했다.

"너 하고 싶은 대로."

"헤헷! 좋아. 맡겨둬."

쿵쿵쿵!

은초가 전문을 두드리고 나서 얼마 있지 않아 문이 열렸다.

"뭐요?"

어깨에 도 한 자루를 멘 이십대 중반의 장한이 호리와 은초를 위아래로 훑어보면서 시건방지게 내뱉었다.

호리와 은초는 그저 허름한 무명옷을 입고 검 한 자루씩을 메고 있었다. 누가 봐도 협객 흉내나 내는 덜 익은 풋과일 같은 소년의 모습이었다.

퍽!

"우왁!"

순간 은초가 성큼 한 걸음 나서는가 싶더니 발끝으로 다짜고짜 장한의 사타구니를 걷어찼다.

장한은 뒤로 붕 날아가서 땅바닥에 내동댕이쳐지더니 쓰

러져서 두 손으로 사타구니를 부여잡은 채 숨도 제대로 못 쉬고 껵껵거렸다.

호리와 은초는 즉시 전문 안으로 들어섰고, 은초가 재빨리 전문을 닫았다.

퍽!

"끅!"

은초가 장한의 가슴팍을 세게 걷어차서 완전히 혼절시킨 후에 두 사람은 정면에 보이는 가장 큰 전각을 향해 나란히 걸어갔다. 그곳에서 악기 소리와 웃음소리가 흘러나오고 있었기 때문이다.

전각 입구 양쪽에 도를 멘 두 명의 장한이 서 있었는데, 캄캄한 밤이라서 호리와 은초가 가까이 다가온 후에야 발견하고 깜짝 놀라서 소리를 질렀다.

"뭐냐, 너희들!"

쉬익!

그 순간 은초의 두 손이 품속으로 들어갔다가 빠져나오며 두 장한을 향해 뻗어지자 두 개의 반짝이는 물체가 일직선으로 빠르게 쏘아나갔다.

퍼퍽!

"끄윽!"

"큭!"

두 장한은 뒷벽에 몸을 부딪치고는 허물어졌는데, 그들의 미간에는 은초의 암기인 은초혈선풍이 한 자루씩 깊숙이 꽂혀 있었다.

이제 은초는 두 손을 이용하여 자유자재로 은초혈선풍을 쏘아낼 수 있게 되었다.

호선이 따끔한 충고를 해주고 시범을 보여준 후 피나는 수련을 계속한 결과였다.

어두운 밤에, 그것도 움직이는 표적인 사람의 미간에 적중을 시킨 것은 대단한 발전이었다.

저벅저벅…….

호리와 은초는 제집인 양 거침없이 전각 안으로 걸어 들어갔다.

그들이 예상했던 대로 전각 안 넓은 대전에서는 한창 주연이 무르익고 있는 중이었다.

한옆에서 악공들이 연주를 하고, 한복판에서는 무희들이 하늘하늘 춤을 추고 있었다.

그리고 입구를 제외한 삼면 벽을 등지고 구사문의 하오문도로 보이는 이십여 명의 장한들이 역시 이십여 명의 여자들을 옆에 끼고, 혹은 무릎에 앉힌 채 질탕하게 술을 마시고 있었는데, 너무 시끄러워서 옆에서 말하는 소리도 잘 들리지 않을 정도였다.

그야말로 난장판이었다. 사내라는 사내는 죄다 싸구려 기녀인 듯한 여자들의 젖가슴에 얼굴을 묻고 있던가, 사타구니에 손이 들어가 있거나, 아니면 여자들이 사내들의 사타구니에 얼굴을 묻고 있는 광경이었다.

하오문의 사내들이라서 그런지 노는 것도 지저분하고 음탕하기 짝이 없었다.

호리와 은초가 대전으로 들어섰지만 두 사람에게 신경을 쓰는 자는 없었다.

호리는 실내를 둘러볼 것도, 생각할 것도 없이 곧장 단상을 향해 걸어갔다.

그곳에는 세 명의 사내가 각자의 탁자 앞에 나란히 앉아서 여자들과 질펀한 행위에 열중해 있었다.

호리는 그들이 구사문의 우두머리인 구사 중 세 명일 것이고, 그중에서도 가운데 인물이 문주인 왕사(王蛇)일 것이라고 판단한 것이다.

얼마나 와자지껄하고 또 음탕한 짓거리에 몰두해 있는지 호리와 은초가 자신들의 뒤에 우뚝 멈춰 섰는데도 모르고 있을 정도였다.

더구나 왕사라고 짐작되는 자는 여자를 자신의 태사의에 거의 눕듯이 앉혀놓고는 그 앞에 무릎을 꿇고 그녀의 치마 속에 얼굴을 처박은 채 무슨 짓인가를 하고 있었으며, 여자는 눈을 감고 온몸을 바들바들 떨면서 극도의 쾌감 어린 신음을 흘려내고 있었다.

쿡!

"앗! 따가워!"

갑자기 왕사가 몸을 뻣뻣하게 굳히며 외쳤다. 그러나 치마 속, 그것도 여자의 사타구니 깊숙한 곳에 얼굴을 처박고 있는 터라 소리가 불분명했다.

"움직이면 등짝에 구멍이 뚫릴 것이다."

왕사의 등 한복판에 검첨을 찌르듯이 대고 있는 은초가 나직한 어조로 경고했다.

그제야 왕사 양쪽에 있던 두 명이 호리와 은초, 그리고 왕사의 등에 대어져 있는 검을 발견하고 분분히 일어나며 고함을 질러댔다.

"뭐, 뭐냐, 네놈들은?"

"문주께 무슨 짓이냐? 당장 검을 거두지 못하겠느냐?"

검이 대어져 있는 왕사의 등 쪽 옷이 새빨갛게 물들었다. 검을 대고만 있는 것이 아니라 손가락 반 마디 정도 살을 찌르고 있기 때문이었다.

"으음! 비겁한 놈. 암습을 하다니……."

왕사는 자신이 어떤 상황에 처해 있는지 짐작을 했는지 움직이지 않은 채 치마 속에서 웅얼거렸다.

그에게 치마와 사타구니를 빌려주었던 여자가 잔뜩 겁먹은 얼굴로 일어나더니 치마를 걷어 쥐고 허연 엉덩이를 드러낸 채 부리나케 한옆으로 도망쳤다.

"푸헤헷! 암습이라고? 너 같은 놈을 죽이는 데에 무슨 암습까지 필요하겠느냐!"

은초는 가소롭다는 듯 웃으며 검을 거두었다.

그가 검을 거두자마자 왕사가 벌떡 퉁기듯이 일어섰다.

모두 취해 있었지만 반응은 놀랄 만큼 민첩했다. 눈을 서너 번 깜빡거릴 사이에 실내에 있던 이십여 명이 일제히 무기를 뽑아 들고 호리와 은초를 포위해 버린 것이다.

"이런 버러지 같은 놈들! 네놈들은 대체 누구냐?"

상황이 역전됐다고 판단한 왕사가 거들먹거리면서 손가락으로 호리와 은초를 찌를 듯이 가리켰다.

왕사는 덩치가 철웅과 맞먹을 정도로 컸으며, 나이는 삼십 대 초반에 고슴도치 같은 짧은 수염과 머리카락을 지닌, 범강장달이 같은 험상궂은 외모의 소유자였다.

또한 그의 입술과 입 주변은 침이 아닌 이상한 액체가 잔뜩 묻어 개기름처럼 번들거렸다.

호리는 싱긋 입술 끝으로만 흐릿하게 미소 지으며 턱을 약간 치켜들었다.

"난 호리다. 들은 적 있느냐?"

"호… 리?"

왕사는 고개를 갸웃거리며 모르겠다는 얼굴인데, 그때 옆에 있던 턱이 뾰족한 자가 가볍게 놀라는 표정을 짓더니 호리를 보며 물었다.

"그… 렇다면 네놈이 항주성의 염복과 그 수하들을 죽인 그 호리라는 놈이냐?"

"그렇다."

그제야 호리가 누군지 깨달은 왕사가 퉁방울 같은 눈을 부라리면서 호리에게 재빨리 다가들었다. 거대한 체구에 비해서 동작은 민첩했다.

"너 이 새끼 잘 만났다! 그렇지 않아도 네놈을 찾으려고 별짓을 다 했었다!"

척!

다가드는가 싶더니 어느새 오른손을 뻗어 호리의 멱살을 움켜잡았다.

그 역시 재빠른 동작이라서 무공을 배우지 않은 사람이라면 쉽사리 피할 수 없을 것 같았다.

"흐흐… 이 자식! 내 수하들을 죽이고 내 돈을 훔쳐서 도망치면 무사할 줄 알았느냐?"

그는 호리가 제 발로 자신들 앞에 나타났다는 사실을 잠시 잊고 있는 듯했다.

그는 팔에 힘을 주어 호리를 들어 올리려고 했다.

그러나 호리가 꼼짝도 하지 않자 이번에는 좌우로 흔들려고 했으나 그 역시 여의치 않았다.

마치 호리의 두 발이 바닥에 뿌리를 내리고 있는 것처럼 요지부동이었다.

구사문주 왕사의 힘이 역발산(力拔山)이라는 사실은 하오문계에서 모르는 사람이 없을 정도다. 그런데 산을 뽑아버린다는 그의 힘도 호리를 단 한 치도 움직이게 하지 못하고 있는 것이었다.

슥!

그때 비릿한 미소를 짓고 있는 호리가 느릿한 동작으로 왕사의 팔을 잡더니 슬쩍 비틀자 너무도 간단하게 멱살을 잡았던 손이 풀어졌다.

"어……."

왕사는 어이없다는 표정을 지었으나 그게 끝이 아니었다. 경악스러운 일은 그다음 순간에 일어났다.

우두둑!

"으아아—!"

호리가 왕사의 팔을 잡은 손을 가볍게 비틀자 그의 팔은 너무도 간단하게 부러져 버렸다.

휙!

이어서 호리는 왕사를 허공으로 집어 던졌다. 마치 지푸라기라도 던지듯 가벼운 동작이었다.

그렇지만 그다음에 벌어진 일은 결코 가볍지 않았다.

쿠당탕!

"으왁!"

왕사는 대전 반대편까지 무려 칠팔 장이나 날아가 벽에 부딪쳤다가 바닥에 나동그라졌다.

그는 금세 일어나지 못하고 바닥에 엎어진 채 고통스럽게 끙끙거렸다.

하잘것없는 하오문도들이라고 해서 사람 보는 눈까지 멀어버린 것은 아니다.

방금 호리가 보여준 것은 무림고수만이 가능한 힘이고 행동이었다.

자신들의 문주가 내동댕이쳐졌는데도 아무도 호리와 은초에게 덤벼들지 못했다. 그러기에는 호리가 지나칠 정도로 강하다고 판단한 것이다.

아니, 하오문도들은 공격하기는커녕 오히려 겁먹은 얼굴로 슬금슬금 뒤로 물러났다.

호리는 조용한 어조로 중얼거리듯이 입을 열었다.

"내가 지난 삼 년 동안 염복에게 벌어준 돈을 되찾으려면 아직 절반도 회수하지 못했다."

그때 부러진 오른팔을 축 늘어뜨린 왕사가 일어나 호리와 은초를 가리키며 수하들에 악을 쓰듯이 외쳤다.

"뭣들 하는 거냐, 이 자식들아! 당장 저 새끼들을 죽여라!"

호리와 은초에게 겁을 먹은 하오문도들이지만, 왕사의 명령을 거역힐 징도는 아니었다.

언제 그랬느냐는 듯이 이십여 명의 하오문도들이 제각기 무기를 쳐들고 사방에서 일제히 호리와 은초에게 공격을 퍼부어대기 시작했다.

일개 하오문도들이라고 보이지 않는 일사불란함이고 꽤나 수련을 한 듯한 동작들이었다.

"죽으려고 환장했군."

중얼거림과 함께 은초의 두 손이 품속에서 빠져나오며 빙글 한 바퀴 몸을 회전시켰다.

슈슈슉슉!

퍼퍼퍼퍽!

"끄윽!"

"왁!"

네 줄기 빛살과 네 번의 격타음과 네 마디 신음성이 거의 동시에 사방에서 터져 나왔다.

퐈당탕!

그리고 네 방향에서 네 명의 하오문도가 뒤로 퉁겨지며 나가떨어졌다.

그들의 미간에는 은초혈선풍이 자루만 남긴 채 깊숙이 꽂혀 있었다.

저돌적으로 덮쳐들던 하오문도들도 동료 네 명이 순식간에 죽어 나자빠지자 그 자리에 얼어붙듯 멈춰서 잠시 잊고 있었던 겁에 질린 표정을 얼굴 가득 떠올리고 있었다.

은초는 두 손의 손가락 사이에 각각 두 개씩 모두 네 개의 은초혈선풍을 끼고는 가볍게 흔들어 보이면서 잔인한 미소를 지었다.

"클클클! 자! 이번에는 어떤 놈 이마빡에 구멍을 내줄까? 응? 덤벼! 덤벼보라구!"

그러나 아무도 덤비지 못하고 서로의 눈치만 살폈다.

그리고 왕사도 더 이상 수하들에게 공격하라고 악다구니를 쓰지 못했다.

저벅저벅…….

호리는 천천히 걸어 왕사의 태사의에 털썩 앉았고, 그 옆에 은초가 저승사자처럼 버티고 섰다.

호리는 왕사를 보며 음색 없는 어조로 입을 열었다.

"나는 더 이상 항주성의 협잡꾼 호리가 아니다. 네놈들 지저분한 피를 보는 것은 이 정도로 족하니까 경거망동하지 말기 바란다."

"앗!"

그때 조금 전에 호리라는 이름을 떠올렸던 턱이 뾰족한 자가 갑자기 짤막한 비명을 내질렀다.

그는 구사문의 셋째 두령인 예사(刈蛇)였다. 그는 얼굴 가득 경악스러운 표정을 떠올린 채 손가락으로 호리를 가리키며 더듬거렸다.

"시… 설마 당신은 참마검객(斬魔劍客)입니까?"

"무슨 헛소리냐?"

은초가 눈을 부라리며 당장이라도 은초혈선풍을 던질 기세로 꾸짖었다.

예사는 움찔 몸을 떨더니 호리를 보며 겁먹은 얼굴로 말을 이었다.

"혹시… 어제 아침에 낙녕현 근처 강가에서 마황부의 마풍사로군 삼십칠 명을 단신으로 죽인 적이 있습니까?"

그 얘기를 호리에게 들었던 은초가 눈초리를 치켜뜨며 윽박질렀다.

"그런데 그게 어쨌다는 것이냐?"

순간 예사뿐만 아니라 왕사와 전체 하오문도들 얼굴에 극도의 경악이 떠올랐다.

예사는 벌벌 떨면서 그 자리에 무릎을 꿇었다.

"으으… 그 소문이 삽시간에 무림에 퍼지더니 반나절도 지나지 않아서 무림인들은 당신… 아, 아니, 대협을 참마검객이라고 부르기 시작한 것입니다."

참마검객. 마도를 베는 검객이라는 뜻이고, 따지자면 협객 중에서도 협객다운 별호다.

마풍사로군이 마황부의 정예 고수이며 어제와 오늘, 그들이 선황파와 무황성 고수들을 추격하면서 도륙하고 있다는 사실을 잘 알고 있는 구사문의 하오문도들이다.

그처럼 무서운 마풍사로군을 호리가 삼십칠 명이나 죽였다니 어찌 경악할 일이 아니겠는가.

하지만 호리는 입가에 실소를 머금고 말았다.

실제로 자신이 죽인 마풍사로군은 이십삼 명이었고 나머

지는 혁련천풍과 혁련상예, 그리고 황의경장인, 아니, 무황성 고수들이 죽였다.

그런데도 호리 혼자 삼십칠 명을 모두 죽인 것처럼 소문이 났으니 실소가 날 만도 했다. 아마도 혁련천풍이나 혁련상예가 소문을 낸 장본인일 것이고, 소문이 퍼져 나가는 동안 와전된 것 같았다.

게다가 단 하루 만에 그 소문이 무림에 짜하게 퍼졌고 참마검객이라는 별호로까지 불리다니 언비천리(言飛千里)라는 말이 새삼 실감이 났다.

쿵!

그때 왕사가 무너지듯 그 자리에 무릎을 꿇었다. 이어서 호리를 향해 머리를 조아렸다.

그러자 실내의 모든 하오문도들이 그를 따라 무릎을 꿇고 머리를 조아렸다.

왕사는 이마를 바닥에 댄 채 마룻바닥을 울리는 우렁우렁한 목소리로 입을 열었다.

"대협께서 무슨 일로 본 문에 왕림하셨는지 말씀하시면, 저희는 그대로 따르겠습니다!"

호리는 가볍게 고개를 끄덕였다.

"내가 말하는 한 사람을 찾아내라."

第五十四章
봉황삼절군(鳳凰三絶軍)

一擲賭乾坤

우우웅!

 한 사람의 연약한 두 팔에서 허공을 떨어 울리는 진동음이 흘러나왔다.

 츠파아앗!

 다음 순간 그 사람의 희고 섬세한 두 손바닥에서 두 줄기의 무지갯빛 홍예가 찬란하게 뿜어졌다.

 홍예는 뿜어지는 순간에는 두 줄기였지만, 찰나지간에 네 줄기로, 그리고 그다음 순간에는 여덟 줄기로 갈라지면서 부챗살처럼 뻗어나갔다.

 퍼퍼퍼퍼퍼퍽!

"크액!"

"흐악!"

여덟 줄기 홍예는 거칠 것 없이 뿜어져 나가 검황루 고수들을 부쉈다.

그렇다. 그것은 부쉈다는 표현이 가장 적절했다.

홍예에 적중되는 것은, 아니, 그저 스치기만 해도 여지없이 박살났다.

정통으로 적중되면 적중되는 대로 온몸이 수백 조각 육편(肉片)으로 화하고, 스치면 스치는 대로 팔이면 팔, 머리면 머리, 다리면 다리가 으깨져 버렸다.

그리고 홍예는 한 사람을 부수는 것으로 끝나지 않았다. 한 사람의 몸을 부수고도 더 쏘아나가서 마치 눈이 달린 듯 다른 사람을 향해 방향을 바꾸어 또다시 부쉈다.

피할 수도 없었다. 아무리 빨라도 홍예보다 빠르게 피할 수는 없었으므로.

어딘가에 숨어도 소용이 없었다. 나무 뒤에 숨으면 나무를 박살 내면서 함께 부숴 버리고, 바위 뒤에 숨으면 바위와 함께 날려 버렸다.

홍예를 발출한 사람, 즉 호선은 그 일 초식으로 무려 열아홉 명의 검황루 고수들을 부숴 버렸다.

그것은 바로 전설의 천외삼절공 중 하나인 홍예신공의 위력이었다.

"하아… 하아……."

그렇지만 방금 홍예신공을 전개한 호선의 입에서 가쁜 숨소리가 새어 나왔다.

그녀의 안색은 밀랍처럼 창백했는데, 얼굴에서는 땀이 비 오듯이 흘러내렸다.

홍예신공을 십이성 극한까지 완성하면 아무리 초식을 전개해도 공력이 소모되지 않는다.

왜 그런지 이유는 아무도 알지 못한다. 홍예신공을 십이성까지 연성했던 인물이 아직껏 한 명도 없었기 때문이다.

그러나 완성하지 못했을 경우에는 한 번 전개할 때마다 엄청난 공력이 소모된다.

현재 호선은 홍예신공을 팔성까지 연성한 상태라서, 한 번 전개할 때마다 사분의 일 정도의 공력이 한꺼번에 소모되는 상황이다.

그리고 그녀는 방금 전까지 연이어 다섯 차례나 홍예신공을 전개했다.

그것으로 검황루 고수를 도합 백여 명 정도 죽일 수 있었지만, 그녀는 서 있을 힘조차 없을 만큼 기력이 쇠잔해져 버리고 말았다.

다시 원래의 제 공력을 회복하려면 세 차례 이상의 운공조식을 해야 하는, 즉 반 시진 정도의 시간이 필요했다.

땅을 딛고 서 있는 호선의 두 다리가 눈에 띄게 후들후들 떨리고 있었다.

그녀는 핏발 선 눈으로 찬찬히 주위를 둘러보았다.

지금까지 열일곱 차례 검황루 고수들과 맞부딪쳐서 무려 이백오십여 명을 죽였다.

그러나 아직도 이백여 명이나 남은 상태다. 더구나 그들을 지휘하고 있는 정천기와 초혈기는 한 차례도 호선과 싸우지 않아서 건재한 상태였다.

그들 둘은 호선이 완전히 공력이 고갈됐다고 판단될 때에야 비로소 나설 것이다.

또한 호선에게 죽음을 당한 검황루 고수들은 절반 이상이 정예검사들이었다.

현재까지 호선 손에 죽은 자들은 전단검사 삼십오 명, 질풍검사는 칠십이 명이다.

정천기는 호선이 다섯 차례의 홍예신공 전개로 공력이 고갈됐다고 판단했다.

그녀가 안색이 창백하고 입가에서 피를 흘리고 있으며 몸과 다리가 가늘게 떨리고 있는 것을 보고 판단한 것이다.

그래서 그는 천리전음으로 근처에 있던 모든 전단검사와 질풍검사들을 불러들였다.

호선이 그 자리에 서서 숨을 고르고 있는 동안에 그녀를 추격하던 모든 검황루 고수들이 이 근처로 운집했다.

호선은 그런 광경을 눈으로 뻔히 보고 있으면서도 어쩔 도리가 없었다.

그녀는 여태까지 싸우는 동안에 힘의 안배 같은 것은 생각할 엄두도 내지 못했다.

그녀의 몸이 금강불괴지신이 아닌 바에야 검에 찔리면 중상을 입거나 죽을 수밖에 없다. 죽지 않으려면 끊임없이 초식을 전개해야만 하고, 그러다 보니 가장 강력한 홍예신공을 연이어 발출했던 것이다.

그러나 정천기는 호선이 공력이 고갈됐다고 판단했으면서도 쉽사리 나서지 않았다.

실로 능구렁이 같은 인물이었다. 경험이 풍부한 데다 교활하기까지 했다.

"빠드득! 초혈기 이놈……!"

그때 호선이 정천기 옆에 서 있는 초혈기를 쏘아보면서 부러질 듯이 이를 갈았다.

어제 바위 아래에서의 운공조식은 결국 그녀의 운명을 갈라놓고 말았다. 그녀가 그토록 우려했던 것이 끝내 현실로 나타난 것이다.

그 운공조식 직후 그녀는 잃어버렸던 모든 기억을 바로 어제 일처럼 선명하게 기억해 냈다.

그리고 그 모든 기억 중에서 가장 선명한 것은 호리에 대한 것이었다.

그렇지만 과연 그에게 돌아갈 수 있을지는 아직 미지수

였다.

지금은 살아남아야 하는 일이 우선이었다.

호선이 쏘아보자 초혈기는 자신도 모르게 바짝 긴장했다. 그녀가 자신을 공격할 것이라고 여긴 것이다.

그녀의 공력이 고갈됐을 것이라고 판단하면서도 본능적으로 몸이 움츠러들었다.

호선은 또렷이 기억했다.

백여 일 전, 자신이 항주성의 어느 다루에서 창밖의 경치를 구경하면서 차를 마시고 있을 때, 차에 들어 있던 극독 때문에 잠시 어지러웠었고 그때 손님으로 가장해 있던 초혈기가 자신이 지니고 있던 모든 혈매비를 호선에게 한꺼번에 쏘아내서 그중에 무려 스물한 개를 적중시켰고, 직후 무황성의 천룡위가 호선의 심장 바로 위에 아슬아슬하게 검을 관통시켰다는 사실을 말이다.

그리고 그 모든 음모의 정점에는 정천기가 있었다.

호선은 지금 당장 정천기와 초혈기를 죽이지 못하는 것이 너무도 원통했다.

"쳐랏!"

그때 정천기가 쩌렁하게 외쳤다.

그는 호선의 공력이 고갈됐다고 여기면서도 그것을 확인해야만 했다. 그 정도로 봉황옥선후가 고강하다는 뜻이다.

그 순간 포위하고 있던 전단검사들과 질풍검사들이 일제

히 호선을 향해 덮쳐 왔다.

호선은 본능적으로 공력을 끌어올렸다. 그러나 곧 그녀의 얼굴에 절망이 떠올랐다.

공력이 겨우 이 할 정도가 모아졌다. 그나마도 그녀가 마지막 홍예신공을 전개할 때 전력을 다하지 않았기 때문이었다.

그러나 이 할의 공력이라면 전단검사 두 명을 겨우 상대할 수 있을 정도에 불과했다.

쐐애액!

쉬쉬쉭!

사면팔방에서 호선의 전신 요혈을 노리고 이십여 자루의 검이 무시무시하게 파고들었다.

지금의 호선에겐 두어 명의 전단검사를 상대할 여력밖에 남아 있지 않는데 일차적으로 공격해 오는 자들은 여섯 명의 전단검사와 열다섯 명의 질풍검사다.

'가소로운 놈들!'

그렇지만 호선은 눈곱만큼도 겁먹지 않았다. 봉황옥선후는 겁먹는 것 따위를 모른다.

그녀는 이 할의 공력을 두 팔로 보내고 그 자리에 우뚝 버티고 섰다.

그녀는 삼 갑자 이십 년의 공력, 즉 이백 년 공력의 소유자다. 지금 이 할이 남았으니 사십 년 정도의 공력인 셈이다.

그것으로 해보려는 것이다.

계란으로 바위를 치는 격일지 모르지만, 부러질지언정 휘어지지 않는 절망과 굴복을 모르는 것이 봉황옥선후의 진짜 성격인 것이다.

쏴아아—

이십여 자루 검들이 소나기처럼 호선의 온몸으로 쏟아져 오는 순간, 그녀의 상체가 마치 사방에서 휘몰아치는 강풍에 휩싸인 갈대처럼 기민하게 움직였다.

두 발은 그대로 수북한 낙엽 더미를 밟고 있는데, 상체가 마치 두 발로 민첩하게 움직이는 사람의 그것처럼 젖혀지고 굽혀지면서 쉴 새 없이 움직여졌다.

신영미리보(神影迷離步).

호선이 불현듯 생각나서 호리에게 책자로 적어준 보법이다. 그것을 호리는 여러 개의 그림자가 분분하게 흩어지는 모습이라며 산영보라는 이름을 지었었다.

무림삼대보법(武林三大步法)으로 꼽히는 신영미리보가 사십 년 공력의 호선에게서 펼쳐지고 있었다.

그런데 이십여 자루의 검은 호선의 머리카락 한 올 건드리지 못했다.

팍! 팍! 팍!

오히려 그녀가 피할 때마다 번개같이 내뻗은 난봉산화수에 사혈이 적중되어 세 명의 질풍검사가 신음조차 지르지 못하고 나뒹굴었다.

사십 년 공력도 누가 사용하느냐에 따라서 그리고 어떤 철학을 발휘하느냐에 따라서 다른 위력을 뿜어내는 것이다.
 지금 호선은 사십 년 공력을 허비하지 않으려고 최선을 다하고 있다. 그것마저 고갈되면 정말 끝장인 것이다.
 그래서 신영미리보도 상체만 흔들면서 절반만을 전개하고, 난봉산화수도 두 주먹만 뻗으면서 절반만 전개하고 있었다.
 그러나 그렇게 해서 얼마나 더 버틸 수 있을지는 모른다.
 그래도 그녀는 포기하지 않는다.
 마지막 순간에 누군가의 검이 그녀의 숨을 끊어놓을 때까지, 그녀는 그렇게 저항을 할 것이다.
 장풍도, 권풍도 아니다. 그저 맨주먹으로 상대의 사혈을 찍어대고 있었다.
 "믿을 수가 없군. 공력이 불과 삼, 사십 년 남았을 텐데 저렇게까지 버티고 있다니……."
 정천기는 호선의 남아 있는 공력을 정확하게 간파했다. 하지만 그녀가 언제쯤 스스로 무릎을 꿇을 것인지는 짐작할 수가 없었다.
 "이제 끝장을 내야겠군."
 그때 정천기 옆에 서 있는 초혈기가 나직이 중얼거리면서 품속에 두 손을 집어넣었다.
 뒤이어 품속에서 빠져나온 그의 두 손 열 손가락에는 수십 자루의 암기들이 꽂혀 있었다.

길이는 두 치 반. 길고 납작하며 검처럼 양쪽에 날이 있는데 예리하게 벼려져 있으며 손잡이 쪽 대가리 꼭대기는 원형이며 피처럼 붉은 매화 한 송이가 양각되어 있다.

혈매비.

백여 일 전, 호선의 온몸 스물한 군데에 꽂혀 있었던 바로 그 암기였다.

호선은 필사적으로 상체를 흔들어서 소나기처럼 쏟아지는 검들을 피하면서 일곱 명째 질풍검사를 거꾸러뜨리고 있는 중이었다.

초혈기는 천천히 두 손을 들어 올리면서 중얼거렸다.

"이사형, 이로써 봉황옥선후의 전설은 막을 내립니다."

혈매비가 발출되면 일체의 파공음이 없다. 거기에 이 갑자 이십 년 백사십 년의 공력이 실리면 빛처럼 빠르고, 호신막 같은 것은 종잇장처럼 간단하게 꿰뚫어 버린다.

고로, 웬만한 절정고수가 아니면 피하거나 막아내는 것이 불가능하다.

"물러나라!"

초혈기가 짧게 외치는 것과 동시에 들어 올렸던 두 손을 털듯이 떨쳐 냈다.

순간 삼십 자루의 혈매비가 추호의 파공음도 없이 호선을 향해 쏘아갔다.

같은 순간 공격하던 전단검사들과 질풍검사들이 강풍에 날리는 낙엽처럼 사방 허공으로 흩어져 물러났다.

호선은 자신을 향해 한쪽 허공을 뒤덮은 채 반짝이면서 쏘아오는 혈매비들을 발견했다.

'불꽃같다.'

그녀는 자신도 모르게 속으로 중얼거렸다.

백여 일 전에도 지금과 같았었다. 그녀가 쇄공분혼산에 중독되어 잠시 어지러움을 느끼고 있을 때, 초혈기가 삼십 자루 혈매비를 발출했었고, 그때 호선은 자신을 향해서 한 군데 뭉쳐서 쏘아오다가 쫙 펼쳐지는 삼십 자루 혈매비들이 꼭 불꽃같다는 생각을 했었다.

그때 호선은 피해야 한다고 생각하고 결사적으로 움직였지만 몸이 말을 들어주지 않았었다.

그래서 혈매비 스물한 개가 온몸에 적중됐고 간신히 사혈을 피하는 것만 성공했었다.

그때는 공력은 고스란히 있었고 정신이 없었는데 지금은 그 반대다. 정신은 말짱한데 공력이 없다.

어쨌든 그녀는 첫 번째에 이어서 두 번째에도 혈매비를 피할 수 없는 처지가 되고 말았다.

저 불꽃은 곧 그녀의 온몸 속으로 파고들어 그녀의 생명을 앗아갈 것이다.

"가장 행복한 남자는 사랑하는 여자가 지어준 옷을 입고 또 그녀가 정성껏 만든 요리를 먹는 남자일 거야."

목숨이 경각에 달린 지금 이 순간에 왜 갑자기 호리의 그 말이 생각난 것일까?
불꽃이 갑자기 확 퍼지면서 한 사람의 밝은 얼굴로 변했다.
호리였다.
호선은 생의 마지막 순간에 호리의 모습을 볼 수 있다는 것이 기뻤다.
호선의 입가에 애잔한 미소가 떠올랐다. 또한 두 눈은 순수한 그리움으로 해맑게 빛나고 있었다.
'나는 호리에게 맛있는 요리도, 옷도 만들어주지 못하게 됐어. 미안해.'
지금 호선은 호리가 사준 싸구려 봉황의를 입고, 머리에는 항주성에서 구리돈 두 냥을 주고 산 옥파(玉帕:머리띠)를 한 모습이었다.
'안녕, 호리. 사랑했어.'
호선은 자신을 향해 쏘아오는 삼십 자루 혈매비를 향해 방긋 미소를 지었다.
'웃어?'
정천기와 초혈기는 미소를 짓고 있는 호선을 발견하고 일순 어이가 없었다.

호선은 단지 호리를 생각하고 미소를 지은 것이지만, 정천기와 초혈기는 그녀의 미소를 접하는 순간 알 수 없는 불길함이 엄습했다.

그리고 그 불길함은 다음 순간 현실로 나타났다.

파파아아―

째째째째쨍!

갑자기 장내에서 날카로운 파공성과 금속성이 요란하게 터져 나왔다.

그와 함께 호선을 향해 쏘아가던 삼십 자루 혈매비들이 모조리 정천기와 초혈기를 향해 되쏘아져 갔다.

그 두 사람이 혈매비를 피하고 막느라 부산할 때, 호선 머리 위에서 쏘아져 내린 두 사람이 그녀의 좌우에 소리없이 내려섰다.

추공과 홍엽, 즉 추홍쌍신이었다.

각자 손에 도와 채찍을 쥐고 있는 두 사람은 지상에 내려서는 즉시 호선을 쳐다보았다.

이상한 붉은 봉황의에, 이날까지 한 번도 입은 적이 없는 긴 치마를, 그나마도 여기저기 마구 찢어진 것을 입은 데다가 머리에는 조악하기 짝이 없는 옥파까시 한 모습이지만 틀림없는 봉황옥선후였다.

추공과 홍엽은 호선을 보며 반가움과 감격으로 부르르 몸을 떨었다.

"추홍쌍신이 궁주를 뵈옵니다!"

두 사람은 호선을 향해 그 자리에 부복하며 얼굴을 바닥에 묻었다.

주위에 검황루 고수들이 즐비하지만 추호도 개의치 않는 행동이었다.

혈매비를 피하고 난 정천기는 호선과 추홍쌍신을 공격하려는 전단검사와 질풍검사들에게 손을 들어 보이며 멈추라는 신호를 보냈다.

이어서 긴장된 표정으로 조심스럽게 주위를 살피면서 청력을 돋우어 근처의 기척을 감지했다.

봉황옥선후의 두 충신인 추홍쌍신이 이곳에 나타났다면, 필경 단 두 명은 아닐 것이라고 추측한 것이다.

불행하게도 추측은 어김없이 들어맞았다. 극도로 절제된 흐릿한 기척이 사방에서 감지되고 있었다.

정천기와 초혈기 정도의 절정고수가 이렇듯 흐릿하게 기척을 감지할 정도라면 추홍쌍신이 데리고 온 고수들은 최강 정예가 분명했다.

정천기와 초혈기는 그들의 수가 대충 이백은 되는 것으로 계산했다.

'이백 정도라면······.'

봉황옥선후는 허수아비나 다름이 없는 상태고, 추홍쌍신은 자신과 초혈기가 상대하면 될 것이다. 더구나 이쪽은 최정예인 전단검사들이 육십오 명이나 남아 있는 상태라서 충분히 승산이 있었다.

그러나 곧 정천기의 안색이 거멓게 변하면서 두 눈이 불신으로 물들었다.

적이 이백 명 정도라고 계산했는데, 잠깐 사이에 수가 점점 더 불어나고 있었기 때문이다.

아주 흐릿한 파공음과 옷자락 펄럭이는 소리가 한쪽 방향에서 끊임없이 이어지고 있었다.

정천기는 그 수를 삼백까지 세다가 그만두었다. 원래 이백에다가 새로 삼백이 유입되고 있으니, 그것만 해도 무려 오백이 아닌가.

호선은 추홍쌍신을 잠깐 굽어보고는 이내 고개를 빳빳이 들고 냉랭하게 입을 열었다.

"일어나라."

서릿발 같은 음성. 최측근인 자신들에게도 여지없이 적용되는 그 목소리는 틀림없는 봉황옥선후였다.

"수하들을 얼마나 데리고 왔느냐?"

그렇게 묻는 호선의 시선은 정천기와 초혈기에게 고정되어 있었다.

그녀의 목소리는 나직했지만 주위가 워낙 조용했기 때문에 추홍쌍신은 물론, 정천기와 초혈기, 검황루 고수들도 똑똑하게 들었다.

홍엽이 사근거리는 목소리로 공손히 아뢰었다.

"봉황삼절군을 모두 이끌고 왔습니다."

호선의 눈에는 은은한 살기가, 정천기와 초혈기의 얼굴에는 역력한 낭패감이 떠올랐다.

봉황삼절군은 봉황궁의 최정예 고수들로서 일군 단봉천기군(丹鳳天旗軍) 백 명, 이군 응서황기군(應瑞皇旗軍) 삼백 명, 삼군 주작조양군(朱雀朝陽軍) 육백 명 도합 천 명으로 구성되어 있다.

그래서 봉황일천군(鳳皇一千軍)이라고도 불린다.

봉황궁을 제외한 무림사황은 최정예 고수들 외에도 정예 고수나 일반 고수들을 대거 보유하고 있다.

하지만 봉황궁은 봉황삼절군이 전부다. 그리고 그들 전부가 최정예 고수다.

정예니 일반 고수 따윈 없다. 봉황궁의 최하위는 최정예 고수로부터 시작된다.

단봉천기군은 불과 백 명뿐이다.

왜 백 명뿐인가?

당연한 대답이겠지만, 막강하기 때문이다. 단봉천기군의 고수, 즉 단봉천기수 두 명만으로 정천기 정도의 고수와 팽팽하게 수백 초를 싸울 수 있고, 세 명이면 정천기 정도는 능히 제압할 수 있다.

검황루의 최정예 고수인 십검전단의 전단고수 네 명이 정천기와 팽팽하게 싸울 수 있다는 점을 감안한다면, 단봉천기수는 전단고수보다 두 배 고강하다는 뜻이다.

이군인 응서황기군 삼백 명은 검황루 전단검사보다는 약간 약하고, 질풍검사보다는 훨씬 강하다.

그리고 삼군 주작조양군 육백 명은 검황루 질풍검사와 비슷한 수준이다.

"단봉은 저 두 놈을 잡아라."

호선이 턱으로 정천기와 초혈기를 가리켰다.

순간 정천기와 초혈기 머리 위에서 가볍게 옷자락 펄럭이는 소리가 나는 것 같더니, 어느새 십여 개의 붉은 인영이 두 사람 주위에 스르르 나타났다.

근처에 있던 전단검사들과 질풍검사들이 정천기와 초혈기에게 달려가려 했으나 이미 늦었다.

열 명의 홍영(紅影)이 그들과 정천기, 초혈기 사이를 완벽하게 차단한 것이다.

그들은 모두 여자였다. 그것도 이십 세에서 이십오 세까지의 젊디젊은 여자.

또한 붉은 홍의경장에 어깨를 살짝 덮는 짧은 견폐(肩蔽:망토)를 걸쳤으며, 어깨에는 한 자루씩의 검을, 왼쪽 허리에는 칠흑처럼 검은색의 돌돌 말린 채찍을 차고 있었다.

단봉천기군, 즉 단봉천기수(丹鳳天旗手)들이다.

그녀들 중에 복장이 약간 다른 한 명이 있었다.

이십이삼 세가량의 여자인데 머리에 붉은 봉, 즉 홍옥으로 만든 단봉의 관[丹鳳冠]을 썼고 종아리까지 이르는 긴 견폐로 온몸을 감싸고 있어서 마치 견폐로 몸을 둘둘 말고 있는 것처럼 보였다.

그녀가 바로 단봉천기군을 지휘하는 단봉군주(丹鳳軍主)이며, 봉황옥선후와 추홍쌍신을 제외하곤 신분이 가장 높은 봉황궁 서열 사위다.

창!

검이 뽑히는 소리가 간명하게 울려 퍼졌다. 한 자루가 뽑히는 소리 같았는데, 단봉군주를 제외한 아홉 명의 단봉천기수가 동시에 검을 뽑은 것이다.

두우웅!

검황루의 전단검사들과 질풍검사, 정예검사들이 정천기와 초혈기를 돕기 위해서 일제히 달려가고 있을 때 어디선가 은은한 북소리 같은 것이 들려왔다. 커다란 쇠북을 두드리는 소리처럼 묵직하게 허공을 울렸다.

솨아아―

그리고 잔잔한 파도 소리가 뒤를 이었다.

검황루 고수들은 신형을 멈추고 다급히 주위를 두리번거리며 소리의 진원을 찾으려 했다.

콰아아앗!

다음 순간 느닷없이 사방 숲 속에서 거센 굉음과 함께 수백 발의 화살이 검황루 고수들을 향해 쏘아져 왔다. 그 광경은 마치 밝은 대낮에 이곳 주위만 갑자기 어두워지는 듯한 느낌을 자아냈다.

전체가 먹빛의 새카만 화살이었다.

"응서묵강시(應瑞墨鋼矢)다! 절대 막아서는 안 된다! 무조건 피해랏!"

십검전단의 지휘자로 보이는 자가 벼락같이 외치면서 허공으로 신형을 뽑아 올렸다.

퍼퍼퍼퍼퍽!

"꺼흑!"

"흐악!"

그러나 미처 피하지 못한 검황루 정예검사들 수십 명이 화살에 머리통과 목, 몸통이 꿰뚫렸다.

화살에 얼마나 강력한 힘이 실려 있었으면 그들의 몸에 꽂히고서도 여력이 남아 있어서 그 사람을 허공으로 삼사 장이나 날려 보냈다.

지금 쏘아오고 있는 이 화살은 명궁, 혹은 강궁으로 유명한 인물들이 쏘아낸 것보다 두 배 이상 빨랐다.

화살 전체가 강철로 만들어졌으며 일반적인 화살보다 절반이나 가늘고 삼분의 이 정도로 짧은 데다가 칠팔십 년의 공력이 고스란히 주입되어 있기 때문이다.

미처 피하지 못한 검황루 정예검사들과 질풍검사들 십오

류 명이 너무 다급한 나머지 화살을 막지 말라는 명령을 잊고 급급히 검으로 화살을 쳐냈다.

째앵! 째애앵!

그러자 고막을 찢을 듯한 날카로운 금속성이 울려 퍼지더니 화살이 그대로 폭발하여 수십 조각의 날카로운 암기가 되어 주위를 새카맣게 뒤덮었다.

"끄아악!"

"흐아악!"

"와악!"

검에 급소를 찔려서 죽는 것보다, 온몸에 날카로운 암기가 고슴도치처럼 박혀서 죽는 것이 훨씬 더 고통스럽고 참혹한 광경이었다.

또한 화살을 검으로 쳐내는 바람에 주위에 있던 다른 고수들도 같은 신세가 되고 말았다.

쏴아아―

파도 소리가 또 들려왔다. 이번에는 처음보다 더 가까운 곳에서 들렸다.

콰아아앗!

뒤이어 천지를 쪼갤 듯한 굉음과 함께 다시 수백 발의 화살, 즉 웅서묵강시가 장내의 검황루 고수들을 향해 사방에서 소나기처럼 쏟아졌다.

그리고 가슴과 등에 한 마리 백봉(白鳳)이 크게 수놓아진 흑의경장을 입고, 왼쪽 어깨에 검은색의 철궁을 메었으며, 오른손에는 검인지 도인지 모를 괴이한 무기를 움켜쥔 삼백 명의 흑의고수들이 자신들이 발출한 화살보다 조금 늦게 장내에 들이닥쳤다.

봉황삼절군의 제이군인 웅서황기군이다. 그들은 달리 백봉황기수(白鳳皇旗手)라고 부른다.

백봉황기수들이 장내에 당도하기 전에, 그들이 발출한 두 번째 웅서묵강시 삼백 발로 인해 전단검사들과 질풍검사, 정예검사들은 이리저리 몸을 날리면서 피하느라 정신이 없었다.

미처 피하지 못한 자들은 여기저기에서 퍽! 퍽! 소리와 함께 화살에 적중되어 순식간에 장내에서 사라져 버렸다. 화살에 꽂힌 채 날려가 버린 것이다.

웅서묵강시가 폭발하는 것을 조금 전에 똑똑히 봤으면서도, 너무 다급한 나머지 몇몇 정예검사가 검을 휘둘러 웅서묵강시를 쳐냈다가 또다시 자신들은 물론 주위 사람들까지도 고슴도치로 만들고 마는 광경도 벌어졌다.

검황루 고수들이 웅서묵강시로부터 자유로워지는가 싶을 내, 삼백 녕의 백봉황기수늘이 태풍처럼 들이닥쳤으며, 그와 동시에 허공에서 구십 명의 단봉천기수들도 유성이 지상으로 내리꽂히듯 붉은 옷자락을 나부끼면서 하강했다.

정천기와 초혈기, 그리고 검황루 고수들은 똑같은 표정을 얼굴에 떠올렸다.
 절망감이었다.
 "한 놈도 빠져나가지 못하게 해라."
 호선은 싸늘하게 명령한 후 근처 거목을 등진 채 가부좌를 틀고 앉아 운공조식에 들어갔다.
 추홍쌍신은 호선 옆에 태산처럼 우뚝 서서 다시는 그녀를 놓치지 않으려는 각오를 은은히 얼굴에 떠올리고 있었다.

一擲賭者
乾坤

호리에게 한 사람을 찾으라는 명령을 받은 구사문주 왕사는 호리가 구사문을 떠나자마자 수색에 착수했다.

한밤중이지만 상관하지 않았고, 실제로도 평상시의 구사문의 정보수집 활동은 주야를 가리지 않는 편이었다.

물론 호리가 찾으라고 명령한 사람은 사부 조항유였다.

그리고 구사문으로부터 연락이 온 것은 다음날 정오 무렵이었다.

구사문주인 왕사가 호리를 안내한 장소는 낙양성 북문 밖 어느 산자락이었다.

호리는 서쪽으로 길게 뻗은 산의 능선을 바라보았다.

뒤쪽에 서 있던 구사문의 세 인물 중에서 삼두령 예사가 공손하게 설명을 했다.

"망산(邙山)입니다. 낙양성 북쪽에 있다고 해서 북망산(北邙山)이라고도 부릅니다. 풍수지리상으로 천하의 명당이라서 옛날부터 수많은 왕후장상(王侯將相)들이 저 산에 무덤을 만들었습니다."

예사의 설명이 계속됐다. 명당이라는 소문이 자자하게 퍼지자 나중에는 왕후장상뿐 아니라 이름깨나 있는 자들이 수천 리 먼 곳에서도 몰려와 북망산에 무덤을 만들기 시작하더니, 지금에 이르러서는 평민들마저도 밤에 몰래 시신을 가져와 봉분은 만들 엄두도 내지 못하고 그저 땅에 묻기만 해 후손이 잘되기를 기원하는 판국이 되고 말았다.

그래서 그리 크지 않은 북망산 전역은 온 산이 발 디딜 틈조차 없이 무덤으로 뒤덮이는 신세가 돼버렸다는 것이다.

"어디냐? 찾아봐라."

왕사가 거의 강제로 끌고 온 듯한 평범한 옷차림의 초로인과 한 소년의 등을 두 손으로 가볍게 툭 떠밀었다.

가볍게라고는 하지만, 그 힘이 워낙 강해서 두 사람은 비틀거리며 몇 걸음 떠밀려 가다가 기어코 엎어지고 말았다.

"당장 찾아내지 못하면 모가지를 비틀어 버리겠다!"

두 사람은 잔뜩 겁에 질린 얼굴로 주위를 두리번거리기도 하고 여기저기를 가리키면서 서로 무언가 말을 주고받으면서 기억을 더듬는 것 같더니 한쪽 방향으로 비척거리며 걸어갔다.

이윽고 그들은 한곳에 멈춰 서 자신들이 서 있는 앞쪽을 가리켰다.

"여… 기인 것 같습니다."

왕사 옆의 두억시니처럼 생긴 이십대 후반쯤의 청년이 솥뚜껑만 한 주먹을 휘둘렀다.

"대가리가 묵사발 되기 전에 똑바로 말해라! 여기냐? 아니냐?"

"여, 여기입니다."

"여길 파라!"

두억시니, 즉 구사문 이두령의 신분인 흑사(黑蛇)가 명령하자 함께 온 구사문 수하들이 재빨리 삽으로 그 자리를 파기 시작했다.

"시신이 훼손될지 모르니 조심해라!"

삼두령 예사가 잊지 않고 주의를 주었다.

호리와 은초는 굳은 표정으로 그 광경을 지켜보았다.

호리는 부디 이곳에서 사부의 시신이 나오지 않기를 간절히 빌었다.

사부를 찾지 못해도 좋았다. 이런 곳에 묻혀 있는 사부를 뵈올 수는 없는 일이었다.

그러나 호리의 기원과는 상관없이 땅을 판 지 오래 지나지 않아서 구사문 수하들이 삽질을 멈추고 그때부터는 조심스럽게 손으로 무엇인가를 파내기 시작했다.

호리는 차마 지켜볼 수가 없어서 착잡한 심정으로 먼 곳을 바라보았다.

"대협, 확인해 보십시오."

이윽고 왕사가 조심스럽게 호리에게 권했다.

호리는 천천히 돌아서 구덩이를 향해 걸어갔다.

구덩이 옆에는 흰 천이 깔려 있고, 그 위에 한 구의 시신이 가지런히 놓여 있는 모습이 호리의 시야에 들어왔다.

"……!"

호리는 걸음을 뚝 멈추며 두 눈을 부릅떴다. 시신에 입혀져 있는 옷이 너무나도 눈에 익었기 때문이다.

예전에 사부는 옷이 단 두 벌뿐이었다. 평상복과 외출복이 그것이다.

호리가 열다섯 살에 사부를 떠난 이후 매달 은자 석 냥씩 생활비로 보냈었지만, 사부는 그것을 아끼느라 옷을 사 입지 않은 것이 분명했다.

지금 시신에 입혀져 있는 것은 사부의 외출복이었다. 낡은 평상복과 거의 다를 바 없는 옷이지만, 사부는 그렇게 구분을 해놓고 입었었다.

호리는 비틀거리며 시신에 가까이 다가갔다. 시신은 이미 썩을 대로 썩어서 본래의 모습을 조금도 알아볼 수가 없는 유골에 가까웠다.

그저 유골에 미처 썩지 않은 벌건 살들이 조금씩 붙어 있는 흉측한 모습이었다.

그래도 호리는 사부를 알아볼 수 있었다. 사부의 외출복만으로 식별하는 것이 아니었다.

썩지 않은 반백의 머리카락과, 부러진 앞니와 누런 이빨의 고르지 않은 들쭉날쭉한 치열, 그리고 손톱이 빠져서 없는 오른손 엄지손가락 등. 유골은 틀림없는 사부 조항유였다.

은초와 구사문의 하오문도들은 초조한 표정으로 호리를 지켜보았다.

아직 호리가 반응을 보이고 있지 않아서, 유골이 그가 찾는 사람인지 아닌지 모르기 때문이었다.

이윽고 유골을 굽어보는 호리의 몸이 가늘게 떨리기 시작했다.

턱!

그리고 그의 무릎이 굽혀지면서 유골 앞에 무너졌다.

"호리!"

충격을 받은 은초는 가슴이 내려앉는 듯한 기분으로 그를 불렀다.

"크윽! 사부님……."

호리의 입에서 짓이겨진 듯한 오열이 새어 나왔다.

그러나 그것뿐이었다. 그는 그 자세에서 오랫동안 꼼짝도 하지 않고 유골만 쏘아보았다.

다만 몸이 격렬하게 떨리고 있는 것으로 미루어 폭발하려는 감정을 간신히 참고 있는 듯했다.

"소인은… 성내 영산로(零散路) 끝 자락에서 작은 객잔을 운영하고 있습니다요."

얼굴도 손도 시커먼 데다가 검은 털로 뒤덮여 있는 이두령 혹사에게 뒷덜미가 잡힌 채 끌려와 호리 앞에 패대기쳐진 초로인이 벌벌 떨면서 설명을 시작했다.

지금으로부터 넉 달 전쯤의 어느 날, 영산로 객방에 한 명의 남루한 모습의 노인이 투숙했다.

그는 특별해 보이지 않는 외모였으며, 먼 여행에 몹시 지치고 또 수심에 가득 찬 모습이었다.

그는 객잔에 도착한 다음날 아침 일찍 나갔다가는 밤이 이슥해서야 다시 객잔에 돌아왔는데, 첫날 투숙할 때보다 더욱 지치고 수심에 찬 모습이었다.

그는 그 다음날 역시 아침 일찍 나갔다가 밤늦게 돌아왔으며, 전날보다 더 지친 모습이었다.

그가 사흘째 아침에 일찍 객잔을 나간 후에야, 주루 주인은 그가 무엇 때문에 아침에 나갔다가 밤늦게 돌아오는지 알게 되었다.

천하 어느 곳이나 다 그렇겠지만 낙양성에서의 소문은 날

개가 달린 듯 빠른데, 여러 소문 중에서 하나가 쉬쉬거리면서 성민들의 입에서 입으로 전해졌다.

그 소문이란, 산동성 봉래현에서 왔다는 한 명의 노인이 벌써 사흘째 무황성 성문 앞에서 이소성주가 납치해 간 자신의 딸을 내놓으라고 농성을 벌이고 있다는 내용이었다.

주루 주인은 그 소문을 듣는 즉시 소문 속의 노인이 자신의 객잔에 투숙한 노인일 것이라고 직감했다.

그날 밤, 노인이 밤늦게 돌아왔을 때 주루 주인은 노인에게 소문에 대해서 물었고 노인은 소문의 주인공이 자신이라고 고백했다.

주루 주인은 호기심을 참지 못하고 대체 어찌 된 일이냐고 물었다.

노인은 싸구려 황주 한 병을 말없이 다 마시고 나서야 입을 열었다.

노인에게는 아들과 딸 남매가 있는데, 아들은 삼 년여 전에 돈을 벌어오겠다면서 집을 떠났고, 몇 달 후부터 아들이 고생해서 번 돈을 보내주어 자신과 딸은 별 어려움 없이 산동성 봉래현에서 잘살고 있었다고 한다.

그런데 어느 날 장을 보러 나간 딸이 밤늦도록 돌아오지 않아서 알아본 결과 무황성의 이소성주라는 사람이 노인의 딸을 강제로 납치하여 무황성으로 데리고 갔다는 것이다.

그래서 노인은 딸을 찾으려는 일념으로 부랴부랴 산동성

에서 낙양성까지 이천여 리 먼 길을 달려와 연일 무황성에 찾아가서 자신의 딸을 내놓으라고 농성을 벌였다.

그런데도 감문위사들은 한사코 이소성주는 여자를 납치한 적도 없으며, 그런 여자는 무황성에 없으니 물러가라며 되레 큰소리를 치고 있다는 것이다.

노인은 황주 한 병을 더 주문하여 그것을 다 마시는 동안 똑같은 중얼거림을 여러 차례나 반복했다.

"하아… 이럴 때 영아가 있으면 얼마나 좋을꼬?"

라는 탄식이었다고 한다.

주루 주인도 과년한 딸이 있었기 때문에 노인의 심정을 십분 이해하고도 남음이 있어서 몹시 동정이 갔다.

노인은 황주 두 병을 마시고 다시 황주 한 병을 달라고 하여 그것을 갖고 자신의 방으로 올라갔다.

자정 무렵. 객잔의 문을 닫으려고 할 때 느닷없이 세 명의 흑의인이 찾아와 노인의 용모와 행색을 설명하고 나서, 그가 이곳에 있느냐고 묻기에 잔뜩 겁을 먹은 주루 주인은 노인이 있는 방을 가르쳐 주고 말았다.

세 명의 흑의인이 이층에 올라갔지만 주루 주인은 따라 올라갈 엄두를 내지 못하고 아래층 회계대 뒤에 숨은 채 이층에 온 신경을 기울였다.

잠시 후에 노인의 화난 고함 소리가 몇 차례 들렸지만 곧 잠잠해졌다.
 그리고 세 명의 흑의인은 이층에 올라간 지 일각 만에 내려와 유유히 사라졌다.
 주루 주인은 그 즉시 이층 노인의 객방으로 달려 올라갔다가 기절초풍하고 말았다.
 노인이 두 눈을 부릅뜬 채 자신의 객방 바닥에 쓰러져 있는 것을 발견한 것이었다.
 겁먹은 주루 주인이 부들부들 떨면서 확인한 결과 노인은 숨이 완전히 끊어진 상태였다.
 주루 주인은 노인의 딱한 사정을 들은 터라 유골을 방치해 둘 수가 없었다.
 그래서 날이 밝기를 기다렸다가 관 하나를 짜서 간단한 격식을 갖춰 노인의 장사를 지낸 후 이곳 북망산에 매장을 했던 것이다.
 "이놈아! 네놈이 그 흑의인들에게 노인이 있는 곳을 가르쳐 주지 않았더라면 노인은 죽지 않았을 것 아니냐?"
 "이놈의 늙은이를 그냥!"
 노인의 유골이 호리의 사부라는 사실을 확인한 왕사와 흑사가 주루 주인을 당장 때려죽일 듯이 주먹을 휘두르며 으딱딱거렸다.
 "그만두고 저리 물러가서 조용히 있어라."

그때 은초가 나직이 꾸짖자 왕사와 흑사는 찍소리도 못하고 한옆으로 물러갔다.

은초는 주루 주인 때문에 조항유가 죽었다고 생각하지 않는다.

그는 세 명의 흑의인이 무황성의 고수라고 추측했다.

무황성의 고수 정도라면 웬만한 정보쯤은 알고서 주루에 찾아왔을 것이다. 그러니 주루 주인이 조항유가 있는 곳을 가르쳐 주지 않았다고 해서 순순히 물러가지는 않았을 것이라는 얘기다.

은초는 이제부터 호리가 주루 주인에게 질문할 것들이 있으리라 판단했다. 그래서 왕사와 흑사 등을 물러나게 하는 등 주위를 정돈한 것이다.

호리는 주루 주인이 설명을 하는 동안 내내 조항유 유골 옆에 무릎을 꿇고 있었다.

사부의 유골을 목격하고 확인했을 때의 충격은 이제 슬픔과 후회로 변해 있었다.

사부가 죽던 날, 술을 마시면서 혼자 중얼거렸다는 그 말이 지금 호리의 뼈에 사무치고 있었다.

"하아… 이럴 때 영아가 있으면 얼마나 좋을꼬?"

물론 '영아'는 호리의 본명인 고영을 말함이다.

또한 사부는 주루 주인에게 말하길, 자신에게는 아들과 딸 남매가 있다고 했다.

 사부는 호리를 아들로 여겼던 것이다. 숨이 끊어지는 마지막 날까지…….

 부모를 잃고 거리를 떠돌던 다섯 살짜리 어리디어린 호리를 발견하여 자신의 집으로 데려온 날부터 죽는 마지막 날까지 사부는 단 한 번도 호리를 남이라고, 제자라고 생각한 적이 없었던 것이다.

 그러면서도 사부는 자신을 아버지라고 부르라고 호리에게 강요하거나 요구한 적이 없었고, 호리도 그렇게 불러본 적이 없었다.

 마음속으로는 두 사람 다 아들이고, 아버지라고 여겼으면서도 말이다.

 망자들의 쉼터인 북망산 자락에 긴 침묵이 흘렀다.

 조항유 유골 옆에는 호리가 무릎을 꿇고 있었고, 그 옆에 은초가 우뚝 서 있으며, 두 사람 뒤에는 주루 주인과 점소이가 무릎을 꿇은 채 고개를 푹 숙이고 있으며, 이 장쯤 떨어진 곳에 구사문의 하오문도들이 숨소리마저 죽인 채 호리와 은초의 눈치를 살피고 있었다.

 "고맙소."

 그때 호리가 나직이 중얼거렸다.

 느닷없는 말이라서 모두들 의아한 표정을 짓는데, 은초 혼자만 그 말뜻을 알아듣고 주루 주인에게 눈짓을 해 보였다.

주루 주인은 화들짝 놀라 어떻게 해야 할지를 몰라서 전전 긍긍했다.

"선친의 유골을 거두어 장례를 치러주어 고맙소. 이 은혜는 꼭 갚겠소."

죽은 아버지를 선친(先親)이라고 한다. 호리는 마침내 조항유를 아버지라고 불렀다.

조항유는 호리에게, 살아생전에는 사부였지만 죽어서 아버지가 되었다.

그제야 주루 주인은 호리의 말뜻을 깨닫고는 연신 고개를 숙이면서 손을 내저었다.

"어이구! 천만의 말씀입니다! 갈 곳 없는 불쌍한 노인이 내 집에서 비명횡사를 당했는데… 장례 정도는 당연한 일입죠……!"

"문주."

호리의 나직한 부름에 왕사가 그 큰 덩치에 어울리지 않게 종종걸음으로 달려와 호리 곁에 서서 허리를 굽혔다.

"하… 하명하십시오, 대협."

"앞으로 네가 이분을 잘 돌봐 드려라."

"넵! 분 문이 태평로에 몇 개의 객잔과 주루, 기루를 운영하고 있는데, 이 늙은이… 아니, 이분이 원하면 그중 하나를 주도록 하고 이후로도 불편함이 없도록 돌봐 드리겠습니다."

왕사는 이마가 땅에 닿을 정도로 더욱 깊숙이 허리를 굽혔다.

태평로는 낙양성 최고의 번화가다.

주루 주인은 마치 꿈을 꾸는 듯한 표정을 지었다. 낙양성에서 장사를 하는 사람들의 생사여탈권을 한 손에 쥐고 있는 구사문은 황제며 염라대왕 같은 존재였다.

최고급 주루에서 길가의 하잘것없는 좌판에 이르기까지 구사문의 영향력이 미치지 않는 곳이 없었다.

심지어 무황성 소유의 점포들마저도 구사문의 눈치를 보지 않거나 소위 상납금이라는 것을 바치지 않으면 장사를 하지 못할 정도다.

사람이 혼자서는 절대로 살 수 없듯이 장사 역시 혼자 할 수 없는 것이다.

무슨 장사를 하든 연계가 있어야만 하는데, 그 줄을 구사문이 완전히 장악하고 있는 것이다.

주루를 예로 들자면, 주루는 갖가지 요리와 술을 손님들에게 대접하고 돈을 버는 곳이다.

요리를 만들자면 당연히 수많은 식재료들이 필요할 테고, 술을 팔려면 도거리(도매)하는 업자에게 온갖 종류의 술을 들여와야만 한다.

그런데 요리 재료나 술을 대주는 도거리 상인들 대부분이 구사문 휘하에 있었으므로, 무황성이 운영하는 점포라고 해도 구사문의 눈치를 보지 않을 수가 없는 것이다.

그런 구사문의 문주가 태평로에 있는 주루나 객잔, 기루 중에 원하는 것을 하나 주고 이후로도 계속 뒤를 봐준다고 하니 주루 주인이 어찌 제정신이겠는가.

"몇 가지 묻겠소."

호리의 말에도 주루 주인은 정신을 차리지 못하고 있었다.

슥—

"내 친구가 몇 가지 묻겠다고 하오."

은초가 어깨에 손을 얹으며 다시 한 번 말하자 주루 주인은 그제야 화들짝 놀랐다.

"어, 얼마든지 하문하십시오! 네!"

호리는 사부의 유골에서 시선을 떼지 않은 채 조용히 입을 열었다.

"그날 밤에 선친을 찾아왔다는 세 명의 흑의인이 누군지 아시오?"

"모… 릅니다."

주루 주인은 더듬거렸다.

호리는 그가 불안함 때문에 말하기를 주저한다는 것을 간파했다.

"말해도 당신에게는 해가 가지 않도록 하겠소."

"음… 그러시다면……."

주루 주인은 진땀을 흘리며 간신히 고개를 끄덕였다.

"그 사람들을 알 것도 같습니다."

"누구요?"

"무황성 사람들입니다."

호리와 은초를 제외한 구사문의 하오문도들은 주루 주인의 말에 식겁한 표정이 됐다.

"무황성? 그거 확실한 것이냐?"

왕사는 주루 주인을 잡아먹을 듯이 윽박질렀다가 곧 누그러진 얼굴로 다시 물었다.

"확실한 거요?"

"확… 실합니다. 세 명의 흑의인 중에 한 명은 우두머리 같았는데… 뒤따르던 두 명이 어깨에 메고 있는 검의 손잡이에 황룡(黃龍)이 새겨져 있었습니다."

"음! 그렇다면 분명하군!"

왕사는 믿을 수 없다는 표정을 지으면서 신음을 흘렸다.

"황룡이 뭘 뜻하는 것이지?"

은초의 물음에 왕사가 공손히 대답했다.

"낙양성에서 황룡을 표식으로 삼는 곳은 무황오룡위 중에 황룡위밖에 없습니다."

"무황오룡위는 뭐고 황룡위는 또 뭐냐?"

"무황오룡위는 무황성주 직계가족을 호위하는 무황성 최고위 신분입니다. 그중에서 사위인 황룡위는 이소성주를 호위하고 있습니다."

이쯤 되면 이소성주의 수하들이 조항유를 죽였다고 믿을 법도 한데, 은초는 호리와 삼 년 동안 생활하면서 배운 확실함과 예리함을 잊지 않았다.

"그들은 흑의를 입고 있다고 했다. 황룡위 수하들이 흑의를 입느냐?"

"아닙니다. 황룡이 수놓아진 백의를 입습니다. 하지만 그들은 황룡위의 직속수하가 분명합니다. 무슨 옷을 입었든, 황룡이 새겨진 무기가 그들이 황룡위사(黃龍衛士)라는 사실을 증명합니다."

"황룡위사? 그런 것인가?"

그때 조금 용기를 얻은 주루 주인이 눈치를 살피면서 조심스럽게 입을 열었다.

"그리고……."

"그리고 뭐요?"

은초의 채근에 주루 주인은 기억을 더듬는 듯 허공을 보면서 눈을 깜빡이며 설명했다.

"그 세 사람 중에서 우두머리인 듯한 사람은 겉에 흑포를 입었는데… 그 속에 비단 황의를 입고 있었습니다. 그런데 목 아랫부분의 깃에 짙은색 황룡의 머리 부분이 수놓아진 것을 본 것 같습니다요."

"비단 황의 깃에 짙은색의 황룡 머리 부분이라고?"

왕사가 적이 놀라며 확인하듯이 물었다.

"그렇습니다."

"그 사람이 어떻게 생겼는지 기억하오?"

"평범한 용모가 아니라서 기억하고 있습니다."

이어서 주루 주인은 흑포인의 용모에 대해서 비교적 자세히 설명을 했다.

"음! 그자는 황룡위가 틀림없습니다. 저는 예전에 몇 차례 그자를 본 적이 있어서 용모를 잘 알고 있습니다."

설명을 듣고 난 왕사가 진중한 표정으로 못을 박듯이 단호하게 말했다.

"황룡위라고……?"

은초는 이를 갈 듯이 중얼거렸다.

그때 조항유의 유골을 보고 있는 호리의 두 눈에서 시퍼런 안광이 섬광처럼 뿜어졌다가 사라졌다.

하지만 모두들 그의 등 뒤에 있었으므로 그것을 본 사람은 아무도 없었다.

이 순간 호리의 뇌리에 한 인물의 모습이 너무도 생생하게 떠올랐다.

어제 무황성에 찾아갔다가 허탕을 치고 돌아서는 길에, 성문을 나와 질풍처럼 달려 호리와 은초를 스쳐 지나갔던 오백여 명의 무황성 고수들의 선두에서 달리던 다섯 인물 중 가장 오른쪽의 한 인물이었다.

그자는 황포를 입고 있었다. 그리고 그가 뒤돌아봤을 때 호리는 그자의 앞가슴에 한 마리 황룡이 수놓아져 있는 모양을 똑똑히 봤었다.

그자가 바로 주루 주인이 설명하고 있는 인물, 즉 세 흑의인의 우두머리인 동시에 사부, 아니, 아버지를 죽인 황룡위가 분명했다.

"주인장, 그때 선친께서 어느 부위에 상처를 입으셨소?"

호리의 나직한 물음에 주루 주인은 생각할 것도 없다는 듯 즉답했다.

"미간이었습니다. 특이한 상처라서 아직도 똑똑히 기억하고 있습니다."

호리가 조항유 유골의 미간을 쳐다볼 때 주루 주인이 말을 이었다.

"갈 지(之) 자의 상처가 깊이 새겨져 있었습니다. 그렇지만 피는 조금밖에 흐르지 않았습니다."

호리는 손을 뻗어 유골의 미간 부위를 문질러 흙과 이물질을 털어냈다.

그러자 미간에 뚜렷하게 새겨진 갈지자의 검흔(劍痕)이 선명하게 드러났다.

호리는 검이 직접 미간에 닿지 않았다는 것을 검흔만 보고서도 즉시 간파했다.

검이 직접 닿았으면 단지 베어진 흔적만 새겨져 있지만, 지금 이 검흔에는 열상(熱傷)이 남아 있었다.

그것은 검에서 양기(陽氣)가 뿜어져서 미간에 갈지자를 새겼다는 반증이었다.

검이 직접 미간에 갈지자를 새기면서 그것만으로 사람을 죽게 만드는 것은 극히 어렵다.

사람을 죽이려면 검첨이 미간을 뚫고 깊숙이 들어가 뇌를 조각내야 하는데, 그러자면 미간에 갈지자를 새기는 일이 불가능하기 때문이다.

반면에 검에서 검기를 뿜어내어 양기로서 미간에 갈지자를 새기는 것과 동시에 뇌를 태우거나 녹여 버리는 수법은 공력이 심후한 인물이라면 가능하다.

그래서 호리는 조항유를 살해한 자가 황룡위일 것이라고 판단했다.

호리가 검흔을 보고 그 수법을 알아내는 것은 누구에게 배운 적이 없다. 그런 것은 검법을 연마하다 보면 자연적으로 습득하게 된다.

검법에 심취하면 할수록, 대성하면 할수록 다른 검법을 식별하는 안목도 뛰어나게 된다. 그것은 부차적인 소득이라고 할 수 있다.

슥!

호리는 천천히 일어났다가 유골을 향해 공손히 세 번 큰절을 올렸다.

그가 절을 하는 동안에 뒤에 있던 은초도 경건한 표정으로 삼배(三拜)했다.

호리는 세 번째 절을 마친 후 일어나 고개를 숙인 채 유골을 묵묵히 굽어보았다.

사부를 만나면 하고 싶은 말이 너무나 많았는데, 지금은 아무것도 생각나지 않고 단 한 마디만 계속 입속에서 되뇌어질 뿐이었다.

'아버지…….'

第五十六章
납치(拉致)

一攫賭者
乾坤

유시가 한 시진쯤 지난 술시(戌時:밤 8시) 무렵.
낙양성 안희문 근처의 주루 청월루.

총 오층의 거대한 누각 형태인 청월루에서 꼭대기 층인 오층은 귀빈들만 이용할 수 있다.

그곳 열 개의 객실 중에서도 가장 크고 화려한 천추관(千秋館)에서 혁련상예가 호리를 기다리고 있었다.

흔한 표현이지만, 지금 그녀의 모습을 보노라면 선녀가 하강한 것 같다는 말이 가장 적절했다.

검도 지니지 않았으며 경장을 입지도 않았다. 구름무늬가 수놓인 하늘하늘한 비단 운금상(雲錦裳) 차림이었다.

경장 차림에 검을 지니고 있을 때와는 또 다른 우아하고 청초한 아름다움을 물씬 발산하는 천상의 자태였다.

사륵!

의자에 꼿꼿한 자세로 앉아 있던 혁련상예가 가만히 일어나 창 쪽으로 걸어갔다.

걸음을 옮길 때마다 긴 치마가 바닥에 끌리면서 최고급 수당혜(繡唐鞋)를 신은 작고 예쁜 발이 살짝살짝 드러났다.

그녀는 창에 바짝 붙어서 창을 열고 아래를 굽어보았다.

청월루의 입구가 내려다보였지만 기다리고 있는 호리의 모습은 보이지 않고 무심한 행인들만 오갈 뿐이었다.

약속 시간은 유시지만 혁련상예는 반 시진 전에 도착해서 벌써 술시가 지나가고 있었다. 그러니까 무려 한 시진 반을 기다린 것이다.

문득, 한곳을 보던 그녀의 눈이 가볍게 빛났다.

그녀의 시선은 거리의 오른쪽 저만치 길모퉁이에 장승처럼 서 있는 세 사람에게 고정됐다.

그녀의 아미가 살짝 찌푸려졌다. 저들 세 사람이 아무리 다른 옷을 입고 있다고 해도 그들이 적룡위사(赤龍衛士)라는 사실을 그녀는 한눈에 간파했다.

그녀를 호위하는 것은 무황오룡위의 오위 적룡위이고, 그 휘하에는 도합 삼십 명의 적룡위사들이 있다.

그들은 무황성 전체 고수들 중에서 엄선하여 선발됐고, 혁련가문(赫連家門)의 몇 가지 무공을 전수받았기 때문에 일류 고수를 훨씬 능가하는 실력자들이다.

어쨌든, 적룡위사들은 불과 삼십 명뿐이기 때문에 혁련상예가 그들의 얼굴을 모를 리가 없다.

그녀는 왼쪽을 바라보았다. 아니나 다를까. 그쪽 골목 어귀에도 세 명의 적룡위사가 서 있었다.

모르긴 해도 청월루의 뒤쪽에도 저만큼의 적룡위사들이 있을 것이고, 어쩌면 청월루 내에도 있을지 모른다.

혼자 가겠다고 그렇게 누누이 얘기했는데도 암중에서 호위한답시고 우르르 따라 나온 것이었다.

저렇게 길모퉁이나 골목어귀에 무기를 휴대한 고수들이 서너 명씩 장승처럼 서 있으면 지나가는 사람 누구라도 이상하게 여겨서 두 번 세 번 쳐다볼 것이 분명했다.

더구나 저들이 지니고 있는 무기의 손잡이에는 적룡이 새겨져 있어서 누구라도 조금만 주의를 기울여서 살펴보면 무황성의 적룡위사라는 사실을 어렵지 않게 간파할 터.

그것은 또 청월루에 혁련상예가 있다는 것을 간접적으로 알리는 것이 아니고 무엇이겠는가.

생각이 거기에 미친 혁련상예는 더럭 불안한 마음이 들었다.

'혹시……'

호리가 오지 않는 이유가 어쩌면 적룡위사들 때문인지도

모른다는 생각이 든 것이다.

번거로운 것을 싫어하는 사람이거나, 호위를 받는 것, 감시당하는 것을 꺼리는 사람들은 의외로 많이 있다.

혁련상예만 하더라도 어디를 가든 찰거머리처럼 따라다니는 적룡위사들을 몹시 성가시게 여기고 있지 않은가.

호리는 이곳으로 오다가 적룡위사들을 발견했는지도 모른다. 혁련상예는 그가 매우 예리한 사람이라는 사실을 알고 있다.

그래서 그는 그대로 돌아갔거나 아니면 청월루 근처에서 들어갈까 말까를 고민하고 있을지도 모른다.

어제 은초는 억지로라도 호리를 끌고 오겠다고 말했으니 약속을 어기지는 않을 것이다.

그렇지만 청월루에 거의 도착해서 호리가 적룡위사들을 발견했다면, 그래서 돌아가겠다고 한다면, 은초로서도 더 이상 그를 붙잡지는 못할 것이다.

거기에 생각이 미치자 혁련상예는 급히 전음을 보냈다.

"우도(宇道), 지금 즉시 수하들을 이끌고 이곳을 떠나지 않으면 맹세코 너를 감문위사로 강등시켜 버리겠다."

우도는 적룡위사들의 수장(首長)으로 적룡위 바로 아래 직급인 적룡위장(赤龍衛將)의 이름이다.

그러자 오른쪽 길모퉁이에 서 있는 세 명 중 한 명이 혁련상예를 쳐다보았다.

이어서 공손히 허리를 굽히더니 적룡위사들을 이끌고 서둘러 그 자리를 떠났다.

혁련상예가 왼쪽 골목어귀를 바라보자 그곳에 있던 적룡위사들의 모습도 보이지 않았다.

그제야 그녀는 조금 안도하는 마음으로 원래의 자리로 돌아와 앉았다.

그리고 약간의 시간이 흘러 허둥대던 그녀의 마음이 차츰 가라앉았다.

문득 호리가 아직 오지 않고 있는 것이 적룡위사들하고는 관계가 없을 것이라는 생각이 들었다.

은초가 호리를 설득하지 못했을지도 모른다. 은초가 어찌 호리를 강제로 끌고 올 수 있겠는가.

혁련상예가 보기에도 은초는 호리의 친구라기보다는 수하 같은 사람이었다.

바로 그때 방문 밖에서 하녀의 공손한 목소리가 들려왔다.

"소저, 손님께서 오셨습니다."

"아!"

혁련상예는 자신도 모르게 낮은 탄성을 터뜨렸다. 적룡위사들을 물러가게 한 직후에 도착하다니, 과연 호리는 적룡위사 때문에 들어오지 않았던 것 같았다.

"아… 안으로 모셔요."

혁련상예는 자리에서 일어서며 밖을 향해 말했다. 너무 가

숨이 뛰어서 자신의 목소리가 떨리게 나왔다는 사실조차도 느끼지 못했다.

척!

하녀가 방문을 열자 방문 밖에 서 있는 호리와 은초의 모습이 한눈에 들어왔다.

혁련상예가 들어오라는 말을 하기도 전에 호리가 먼저 성큼성큼 방 안으로 걸어 들어왔고 은초가 뒤따랐다.

그녀는 호리가 왔다는 사실이 쉬이 믿어지지 않아서 두 사람이 자리를 잡고 앉아서 잠시의 시간이 지날 때까지도 우두커니 서서 호리만 바라보고 있었다.

"소저, 요리를 내올까요?"

하명을 기다리고 있던 하녀가 조심스럽게 입을 열자 그제야 혁련상예는 퍼뜩 정신을 차렸다.

"그래요. 부탁해요."

하녀가 나간 후 침묵이 흘렀다. 호리와 은초는 앉아 있고, 혁련상예 혼자 서 있는데도 두 사람은 앉으라는 말 한마디도 하지 않았다.

혁련상예 앞에서는 제법 너름새를 보이면서 언거번거하던 은초마저도 어찌 된 일인지 지금은 입을 굳게 다문 채 가끔씩 힐끔힐끔 그녀를 훔쳐볼 뿐이었다.

무황성주의 장중주이며, 무림에서는 강북선화(江北仙化)라는 미명을 날리고 있는 지고한 신분의 혁련상예가 이러고 있는 광경을 무림인들이 본다면 고소를 금치 못할 터이다.

"어흠!"

그때 은초가 주먹을 입에 대고 가볍게 헛기침을 하고 나서 혁련상예에게 맞은편 자리를 권했다.

"앉으시지요, 낭자."

혁련상예가 앉자 은초가 벙긋 입으로만 웃으면서 말했다.

"우리가 너무 늦었죠? 죄송합니다. 사정이 좀 있어서……."

"아니에요. 오히려 저 때문에……."

"네? 뭐가 낭자 때문이라는 말입니까?"

"제 호위무사들이 주루 밖에 버티고 있어서 두 분이 들어오기를 꺼려하신 것 아닌가요?"

은초는 가볍게 놀라는 표정을 지었다가 호리를 슬쩍 쳐다보고 나서는 껄껄 웃었다.

"하하하! 역시 낭자는 예리하시군요!"

그는 얼굴에 아직 웃음의 찌꺼기를 남긴 채 은근슬쩍 물었다.

"그런데 낭자의 호위무사들은……."

혁련상예는 환하게 미소 지으면서 손을 저어 보이기까지 했다.

"모두 보냈어요."

"네에… 그러셨군요."

고개를 끄덕이는 은초의 눈가에 안도의 표정이 설핏 떠올랐다가 사라졌다.

사실 호리와 은초가 늦은 데에는 이유가 있었다.

주루 안에서 혁련상예를 제압한 다음에 버젓이 들쳐 메고 나갈 수는 없는 노릇이었다.

그래서 약속 시간인 유시 정각에 청월루 근방에 도착하여 으슥한 곳에 몸을 숨긴 후, 그녀가 주루에서 나오기만을 기다렸다. 그녀가 어딘가로 움직여 준다면 인적이 드문 곳에서 제압하여 대기시켜 놓은 구사문의 마차에 실어서 호리궁으로 옮길 계획이었다.

그런데 아무리 기다려도 그녀는 나오지 않았다. 설상가상으로 청월루 주변을 살펴보던 호리는 적룡이 새겨져 있는 무기를 지닌 고수들이 변복을 한 채 삼삼오오 떼 지어 서 있는 것을 목격했다.

그자들은 틀림없는 적룡위사였고 청월루 주변에 도합 열다섯 명이 지키고 있었다.

나오기를 기다리는 혁련상예는 나오지 않고, 더구나 적룡위사를 열다섯 명씩이나 거느리고 온 것이다.

최악의 상황이었다. 설혹 그녀가 주루를 나온다고 해도 열다섯 명의 적룡위사들이 그림자처럼 뒤따른다면 대로상에서 그녀를 납치하는 것은 불가능한 일이었다.

물론 힘으로 하자면 못할 것도 없다. 호리가 적룡위사 열다섯 명을 때려눕히고 혁련상예를 납치하는 것은 그리 어렵지 않은 일이다.

그러나 그때부터 호리 일행은 무황성으로부터 쫓기는 신세가 될 테니 그것이 문제다.

운신(運身)의 폭이 형편없이 좁아지게 돼서는, 혁련상예와 연지를 맞교환한다는 계획을 순조롭게 진행시키기가 어려워지게 되는 것이다.

현재 호리의 목표는 세 가지다.

첫째, 연지를 구한다.

둘째, 아버지의 원수인 황룡위를 죽여 그 수급을 아버지의 영전에 바친다.

셋째, 이 모든 사건의 발단인 이소성주 혁련무성을 죽인다.

그러자면 호리는 아직은 겉으로 드러나서는 안 되는 것이다.

지금 그는 어둠 속의 창이어야만 한다.

그와 은초가 이러지도 저러지도 못하고 청월루에서 멀지 않은 곳에서 서성거리고 있을 때, 갑자기 가장 가까이에 있던 적룡위사들이 물러가는 것이 아닌가.

확인 결과 청월루 주위에 배치되어 있던 열다섯 명의 석룡위사들이 모두 그곳을 떠났다.

호리는 잠시 그 자리를 지키고 있다가 적룡위사들이 다시 돌아오지 않을 것이라고 판단, 그제야 비로소 주루로 들어온 것이었다.

그런데 이제 보니 혁련상예가 적통위사들에게 물러가라고 명령했다는 것이다.

복은 쌍으로 오지 않고 화는 홀로 오지 않는다는 것이, 바로 지금 혁련상예의 경우를 가리키는 것 같았다.

반 시진이 지났다.

그 반 시진 동안 은초와 혁련상예가 격식에 가까운 말을 대여섯 마디 나누었을 뿐, 호리는 묵묵히 술잔만 비웠다.

반 시진의 거의 대부분 시간 동안 혁련상예의 시선은 호리의 얼굴에 머물러 있었다.

그녀는 조급하거나 소심하거나 또는 가벼운 성격이 아니다.

그렇기 때문에 사람의 한 면만 보고 그 사람을 평가하지도, 일이 뜻대로 풀리지 않는다고 해서 금세 풀이 죽거나 실망하지 않는다.

그녀는 진중하면서도 긍정적인 사람이다.

그래서 호리가 자신의 초대에 응했다는 사실 하나만으로도 충분히 감사하고 있었다.

탁!

호리가 술잔을 내려놓자 혁련상예가 냉큼 술병을 내밀었다.

슥—

그러나 호리가 불쑥 일어서는 바람에 깜짝 놀라고 말았다.

"가겠소."

짧게 말하는 호리는 이미 방문 쪽으로 성큼성큼 걸어가고 있었다.

"상공."

혁련상예는 깜짝 놀라서 급히 호리를 뒤따랐다. 호리가 무뚝뚝하고 그녀에게 호의적이지 않다는 것을 알고는 있지만, 일부러 이곳까지 왔다가 이렇게 빨리 갈 줄은 몰랐다. 그것도 이 방에 들어와서 내뱉은 한마디가 가겠다는 말일 줄이야.

호리는 자신의 허리를 내려다보았다.

그곳에, 혁련상예의 뼈가 보일 만큼 희고 투명한 손이 그의 옷자락을 꼭 움켜잡고 있는 것이 보였다.

그녀는 너무 놀라고 다급한 나머지 자신도 모르는 사이에 호리의 옷자락을 붙잡은 것이다.

"제가… 무슨 실수라도 했나요?"

그녀는 아직 자신이 호리의 옷을 잡고 있다는 것을 모르고 있었다. 그만큼 다급하고 긴장했다는 것이다.

"다른 곳에 가서 한 잔 더 하지 않겠소?"

혁련상예의 금방이라도 허물어질 것 같았던 절망감은 그 한마디로 즉시 치료되었다.

그녀는 호리가 이곳 청월루 같은 분위기를 싫어한다는 것으로 해석했다.

"네! 가겠어요! 어디든지!"

혁련상예는 꾀꼬리가 노래하듯이 밝게 소리쳤다. 만약 그녀가 타인의 눈으로 방금 전 자신의 말과 행동을 볼 수 있다면 필경 부끄러워서 어쩔 줄을 몰랐을 것이다. 그만큼 그녀는 평소의 모습을 잃고 있었다.

호리가 다시 방문으로 걸음을 옮겼을 때에야 혁련상예는 자신이 그의 옷자락을 꼭 붙잡고 있다는 사실을 깨달았다.

청월루 앞에는 한 대의 근사한 마차가 대기하고 있었다.

어자대(馭者臺:마부석)에는 허우대와 인상이 좋은 장한이 꼿꼿한 자세로 앉아 있었다. 물론 그는 구사문의 수하로 호리를 위해서 선발됐다.

청월루 입구에서 호리 일행이 나서는 것을 발견한 장한은 어자대에서 훌쩍 뛰어내려 공손히 허리를 굽힌 후 서둘러 마차의 문을 열어주었다.

혁련상예는 생각지도 않았던 마차의 등장에 적잖이 놀란 표정이었다.

무황성의 크고 화려한 마차에 비할 바는 못 되지만 마차를 준비시킨 것으로 미루어, 그녀는 호리가 자신을 청월루가 아닌 다른 곳으로 데려가려고 미리 계획하고 있었다는 사실을 깨닫게 되어 기쁨을 감추지 못했다.

호리와 혁련상예가 마차 안에 타고, 어자대에는 마차를 모는 장한과 그 옆에 은초가 앉았다.

다각다각—

마차는 어둠을 뚫고 낙양포구를 향해 천천히 달려갔다.

척!

낙양성문을 지키는 관군 두 명이 마차의 문을 열었다.

그들은 마차 안에 다소곳이 앉아서 자신들을 향해 살포시 미소를 지어 보이는 혁련상예를 발견하고 즉시 깊숙이 허리를 굽혔다.

마차 문이 닫히고 마차가 성문을 완전히 빠져나갈 때까지도 두 명의 관군은 허리를 펴지 못하고 있었다.

예로부터 무림과 관(官)은 강물과 우물물 같아서 서로 왕래도 없고 경원시하는 것이 불문율처럼 되어 있지만, 이곳 낙양성에서만큼은 예외였다.

낙양성주(洛陽城主)는 여러 황족과 고관대작들과 친분이 두터운 무황성주 혁련필을 마치 황제처럼 받들어 모셨다.

혁련필에게 있어서 낙양성주는 무황성 밖의 또 한 명의 수하나 다름이 없는 존재였다.

두두두두—

마차가 성문에서 이삼 장쯤 멀어졌을 때, 어자대에 있던 은초가 일어나 뒤돌아서면서 품속에서 두 자루의 은초혈선풍을 꺼냈다.

그는 은초혈선풍을 한 자루씩 양손에 나누어진 후 성문을 쏘아보다가 힘껏 쏘아냈다.

쉬리릿!

두 자루 은초혈선풍이 빨랫줄처럼 직선을 그으며 성문을 향해 쏘아갔다.

팍! 팍!

"끅!"

"컥!"

그제야 허리를 펴던 두 명의 관군 목 중앙을 은초혈선풍이 꿰뚫었다.

두 명의 관군은 두 손으로 목을 움켜잡고 온몸을 비틀다가 쓰러져서는 꼼짝도 하지 않았다.

그로써 성문 밖으로 나가는 혁련상예를 본 사람은 아무도 없게 되었다.

"저… 이 배에 다시 한 번 꼭 와보고 싶었어요……!"

마차에서 내린 혁련상예는 포구에 정박해 있는 호리궁을 보고는 두 손을 맞잡고 기쁜 표정을 지었다.

호리가 어디로 데리고 갈 것인지 기대하면서 내심 가슴이 두근두근했던 혁련상예였다.

그런데 막상 자신을 호리궁으로 데려온 것을 확인하고는 그 사실이 무엇보다도 기뻤다.

은초의 말에 의하면 호리궁은 호리와 은초, 철웅의 집이라고 했다. 그 집에 초대를 받았으니 어찌 기쁘지 않겠는가.

"다시 만나서 반가워요."

혁련상예가 배에 올라 기다리고 있던 철웅에게 환한 미소로 인사를 건넸다.

그러나 철웅은 뻣뻣하게 선 채 굳은 표정으로 대꾸도 없이 그녀를 쳐다보기만 했다.

어제만 해도 혁련상예가 쳐다보면 수줍어서 얼굴을 붉히며 감히 눈도 마주치지 못했던 그였거늘, 하루 만에 다른 사람처럼 변해 버린 것이다.

혁련상예가 연지를 납치해 간 혁련무성의 누이동생이라는 사실을 알아버렸기 때문이다.

철웅은 수줍음이 많고 여린 성격이지만, 한 번 적이라고 인정한 사람에겐 무서울 정도로 야멸친 성격이기도 했다.

철웅의 뜻밖의 냉대에 혁련상예는 몸 둘 바를 몰랐지만, 은초가 이끄는 대로 중간층으로 내려갔다.

먼저 계단을 내려간 호리는 뒤도 돌아보지 않고 주방의 식탁으로 걸어가 털썩 의자에 앉았다.

긴 치마를 입은 혁련상예는 치마가 걸려서 계단을 내려가지 못하자 치마를 무릎 위로 걷어 올린 후 조심조심 내려갔다.

철웅은 따라서 내려오지 않고 호리궁의 밧줄을 풀고 배를 강으로 몰기 시작했다.

식탁에는 간단한 요리와 술이 차려져 있었다. 철웅이 준비해 놓은 것이다.

호리는 이미 술을 마시고 있었다.

혁련상예가 쭈뼛거리고 있는 데에도 은초는 아까 청월루에서처럼 앉으라고 권하지 않았다.

혁련상예는 이들과 조금쯤은 친근해졌다는 것을 스스로에게 확인도 하고 이들에게 보이기도 하려는 듯, 호리 맞은편에 조심스럽게 앉았다.

그러자 기다렸다는 듯이 은초가 호리와 혁련상예 옆쪽에 앉았다.

그때부터 호리도, 은초도 묵묵히 술만 마셨다.

그 시간이 점차 길어지자, 혁련상예는 이들이 어쩌면 자신을 초대한 것이 아니고 다른 이유가 있는 것일지도 모른다는 생각이 살며시 들기 시작했다.

게다가 배가 흔들리는 것으로 봐서 어디론가 이동하고 있는 중인 것 같았다.

"한 가족이 있었다."

문득 호리가 나직한 어조로 중얼거렸다.

뜬금없는 말이지만, 혁련상예는 호리를 바라보며 그의 다음 말에 귀를 기울였다.

"홀아버지와 남매, 세 식구였지. 그런데 너무 가난해서 끼니 거르기를 밥 먹듯이 했다. 그래서 열다섯짜리 아들은 돈을 벌어 오겠다면서 집을 떠났었지."

이제 시작에 불과한 이야기인데도 혁련상예는 금세 이야기 속으로 빠져들었다. 호리가 반말을 하고 있었지만, 그녀는 의식하지 못했다.

"아들은 돈을 많이 벌어 늙은 아버지의 평생소원인 무도관을 차려 드리기 위해서 가장 밑바닥의 온갖 더럽고 비열한 짓을 마다하지 않았다."

혁련상예는 어쩌면 이것이 호리 자신의 이야기일지도 모른다는 생각이 들었다.

호리는 술 한 잔을 쏟듯이 입 안에 털어 붓느라 잠시 멈추었던 말을 다시 이었다.

"그렇게 삼 년이 흘러 다행히 아들은 무도관을 차릴 만큼의 돈을 벌었기에 이제 아버지와 누이동생이 기다리는 집으로 돌아가려 결심했다."

혁련상예는 이야기 속의 아들이 집으로 돌아가게 되었다는 말에 자신의 일처럼 기쁜 마음이 되어 환한 미소를 지었다.

"바로 그때, 아들에게 비보가 전해졌다. 어느 명문가의 파락호가 누이동생을 납치했다는 것이다."

"아……."

혁련상예는 깜짝 놀라 눈을 동그랗게 떴다가 자신도 모르게 나직한 한숨을 토해냈다. 그녀는 호리의 말에 따라서 일희일비하고 있었다.

"아버지는 딸을 찾으러 먼 길을 떠났다. 그리고 마침내 그 명문가에 도착하여 딸을 돌려달라고 통사정하며 빌었다."

호리의 목소리에는 일체의 감정이 깃들어 있지 않았다. 마치 남의 이야기를 하는 것 같았다.

모든 것이 극에 달하면 반대 현상이 일어난다. 그것이 물극필반(物極必反)이다.

호리는 슬픔과 분노가 너무도 깊고 커서 극한에 도달해 오히려 초연해지고 만 것이다.

"딸을 납치한 자는 딸을 돌려달라고 울부짖는 아버지에게 수하를 보냈다."

혁련상예는 조마조마한 표정으로 두 손을 모았다.

"그 수하는 객잔에서 묵고 있는 아버지를 찾아와서 가차없이 죽였다."

"아아……"

혁련상예의 입에서 흘러나온 탄식은 조금 전보다 더 깊고 길었다. 그리고 그녀의 두 눈에 뿌옇게 이슬이 맺혔다.

그 눈물 너머로 호리의 무표정한 얼굴이 보였다.

"또한 그자는 누이동생을 찾으러 오지 못하도록 아들을 죽이라고 살수 조직에 청부했다."

혁련상예는 분노를 이기지 못하고 작은 주먹을 꼭 쥔 채 바르르 떨며 입술을 깨물었다.

"짐승 같은……."

슥—

그때 호리가 묵묵히 일어나서 수련실 쪽으로 뚜벅뚜벅 걸어가자 은초도 뒤를 따랐다.

누구도 혁련상예에게 따라오라고 말하지 않았지만, 그녀는 이끌리듯 두 사람을 뒤따랐다.

끼이익…….

오늘따라 수련실 문이 열리는 소리가 고막을 긁었다.

호리와 은초를 뒤따라 수련실로 들어서던 혁련상예는 수련실 한복판 바닥에 놓여 있는 하나의 길쭉한 나무상자를 발견하고 눈을 커다랗게 뜨며 놀랐다.

'관(棺)?'

그것은 오동나무로 짠 관이 틀림없었다.

호리와 은초는 관 옆에 우뚝 서 있었다. 혁련상예도 조심스럽게 그 옆으로 다가가 섰다.

묵묵히 관을 굽어보던 호리가 이윽고 관 뚜껑을 열었다.

그긍—

관 속에는 깨끗한 수의가 입혀진 조항유의 유골이 반듯하게 누워 있었다.

혁련상예는 너무나 놀랐다. 그녀는 관 속의 유골이 호리의 아버지라고 믿었다. 그래서 놀랐다 그리고 호리가 자신의 집이나 다름이 없는 호리궁 안에 선친의 유골을 모시고 있다는 사실에 다시 한 번 놀랐다.

그녀가 바라보자 호리는 유골을 굽어보면서 있는 힘껏 어금니를 악물고 있었다.

"상공……."

혁련상예는 무슨 말이든 호리를 위로해 주고 싶었으나 뭐라고 해야 할지 생각이 나지 않았다.

그녀는 부모든 오라버니든, 가족을 잃어본 경험이 없었다. 그래서 지금 호리가 겪고 있을 슬픔과 절망을 추측조차 할 수가 없었다.

슥—

그때 호리가 그녀를 쳐다보았다.

'……!'

호리의 눈빛을 접하는 순간 혁련상예는 심장이 그대로 멈춰 버릴 정도로 놀랐다. 호리의 눈빛은 시퍼렇게 이글이글 불타고 있었다.

혁련상예의 눈이 틀리지 않았다면 그것은 틀림없는 살기(殺氣)였고 걷잡을 수 없는 분노였다.

"왜……."

"나를 쳐다보지 말고 내 아버지를 봐라!"

그녀가 의아한 표정을 짓자 갑자기 호리가 벽력같이 고함을 질렀다.

그녀는 더럭 겁이 났다. 목숨의 위협을 느껴서도, 이런 이상한 분위기 때문도 아니었다. 순전히 호리가 자신에게 고함을 질렀다는 이유 때문이었다.

그녀는 솟구치는 눈물을 흘리지 않으려고 애쓰면서 다시 유골을 쳐다보았다.

그때 눈물 너머로 유골의 미간 부위가 부윰하게 밝아지는 듯하며 돋보였다.

'설마?'

혁련상예는 손등으로 눈물을 훔치고 눈을 크게 뜨며 유골의 미간을 주시했다.

틀림없었다. 잘못 본 것이 아니었다. 그것은 너무도 눈에 익은 검흔이었다.

"전광류(電光流)!"

순간 그녀의 입에서 나직한 경악성이 흘러나왔다.

전광류는 혁련가문의 여러 절학 중 하나로서 혁련가문 사람이라면 누구나 배워야 한다. 그리고 무황오룡위도 그런 특혜를 받았다.

"어떻게……."

혁련상예는 얼굴 가득 불신의 표정을 떠올린 채 호리를 바라보았다.

마치 자신이 지금 보고 있는 것이 사실이 아니라고 말해달라는 듯한 표정이었다.

납치(拉致) 295

그렇지만 호리는 어금니를 힘껏 악물고 있을 뿐 아무 말도 하지 않았다.

조금 전처럼 두 눈에서 살기와 분노를 뿜어내지도 않았다. 그러나 혁련상예는 그 모습이 조금 전보다 더욱 무서웠다.

분노가 극에 달하여 무심에 가까워졌다는 것을 느꼈기 때문이다. 원래 불꽃이 보이지 않는 불이 더 뜨거운 법이다.

혁련상예의 시선이 은초의 얼굴로 옮겨졌다.

은초는 복잡한 표정으로 그녀를 마주 쳐다보았다.

혁련상예는 그의 복잡한 표정 중에서 가장 도드라진 '연민'을 발견했다.

은초는 그녀를 불쌍하게 여기고 있는 것이었다.

불길함이, 불안감이 순식간에 대지를 뒤덮는 땅거미처럼 혁련상예의 온몸과 정신으로 엄습했다.

그 순간 호리가 했던 말이 그녀의 머릿속에서 범종처럼 거세게 울렸다.

"바로 그때, 아들에게 비보가 전해졌다. 어느 명문가의 파락호가 누이동생을 납치했다는 것이다."

그녀의 눈앞이 캄캄한 암흑으로 돌변했다.

아무것도 보이지 않았다. 그러나 머릿속에서는 조금 전에 했던 호리의 말들이 거세게 소용돌이를 치면서 어떤 사실들을 일깨워 주고 있었다.

호리의 누이동생을 납치했다는 '명문가의 파락호'는 그녀의 둘째 오라비인 혁련무성이 틀림없을 것이다.

그리고 딸을 찾으러 온 아비를 죽인 자는, 혁련무성의 명령을 받은 황룡위다. 황룡위는 전광류를 배웠다.

그리고 혁련무성은 다시 호리를 죽이라고 살수 조직에게 청부를 했다.

그녀의 둘째 오라비 혁련무성은 천하가 알아주는 호색한이며 파락호다.

이날까지 혁련무성은 수많은 여자들을 짓밟고 유린하고 또 울렸으며, 무슨 문제가 생기면 그때마다 그의 심복인 황룡위가 다 알아서 처리를 했었다.

그리고 부친인 혁련필이나 형인 혁련천풍은 그런 사실을 알면서도 모른 체 묵인해 왔었다.

오직 혁련상예만이 혁련무성의 그런 행위를 노골적으로 경멸했으며, 틈날 때마다 장소를 불문하고 그를 꾸짖기도 하고 애원하기도 했었다.

하나뿐인 누이동생을 몹시 예뻐하는 혁련무성은 그럴 때마다 알았다고, 그러지 않겠다고 누누이 약속을 했었지만 돌아서면 마찬가지였다.

그런데 결국 이렇게까지 돼버리고 만 것이다.

'하필이면······.'

하필이면 왜 호리의 누이동생이라는 말인가?

혁련상예는 호리를 바라보았다. 그의 얼굴은 조금 전보다 더 무심하게 가라앉아 있었다.

그녀는 호리의 얼굴을 보면서 아주 깊은 바다 속이 저와 같을 것이라는 생각이 문득 들었다.

그녀의 머릿속이 하얘지기 시작하더니 이윽고 눈앞도 새하얗게 변했다.

조금 전에는 캄캄해서 아무것도 안 보이더니 지금은 하얘서 아무것도 보이지 않았다.

"미……."

미안해요라고 말하려 했는데, 첫 음절이 입 안에서 맴돌면서 다리에 힘이 풀리고 온몸에서 순식간에 기력이 빠져나가면서 풀썩 쓰러졌다.

머릿속과 눈앞이 하얘지더니, 온몸도 하얘졌다.

혁련상예는 펄펄 끓는 용암 속에서 자신의 쓸모없는 몸뚱이가 녹는 것 같은 느낌을 받으면서 정신을 잃었다.

"음……."

혁련상예는 나직한 신음을 흘리면서 깨어났다.

그녀는 누운 채 천장을 바라보았다. 누런 나무 천장이었다.

순간 그녀는 이곳이 호리궁의 어느 방 안이라는 사실을 깨달았다.

그리고 다음 순간 기다렸다는 듯이 혼절하기 전에 있었던 일들이 한꺼번에 와르르 기억났다.

그녀는 눈을 깜빡이며 망연자실한 채 천장을 바라보았다.

"흑!"

그러다가 두 손으로 얼굴을 감싸면서 흐느낌을 터뜨렸다.

꿈이었으면 좋았을 것을, 한바탕 호된 악몽을 꾼 것이었으면 좋았을 것을, 그런데 꿈이 아니었다.

"으흑! 흑흑!"

그녀는 얼굴을 가린 채 격렬하게 온몸을 떨면서 흐느껴 울었다. 한번 터져 나온 울음은 쉬이 멈춰지지도 않았고, 그치고 싶지도 않았다. 가슴속의 꽁꽁 뭉쳐진 응어리와 몸속의 내장까지도 할 수만 있다면 눈물로 녹여서 모조리 쏟아내 버리고 싶었다.

그러나 아무리 울고 울어도, 아무리 눈물을 흘리고 흘려도 현실은 꿈이 되지 않았고, 가슴속의 절망감은 한 움큼도 씻어지지 않았다.

"하이……."

어느덧 울음을 그친 혁련상예는 힘없는 동작으로 상체를 일으켜 앉았다.

그때 침상 옆 벽에 기대어 서서 그녀를 응시하고 있는 호리를 발견했다.

납치(拉致) 299

"아!"

혁련상예는 온몸이 얼어붙으며 탄성을 터뜨렸다.

그녀는 자신이 얼마나 오랫동안 혼절해 있었는지는 모르지만, 호리가 내내 저런 모습으로 지켜보고 있었다는 사실을 알 수 있었다.

아버지를 죽이고, 누이동생을 납치한 파락호의 누이동생을 바라보면서 그는 과연 무슨 생각을 하고 있었을까?

원수의 핏줄인 줄도 모르고 파락호의 형과 누이동생, 그리고 오십여 명의 목숨을 구해주었던 일을 뼈저리게 후회하고 있지는 않았을까?

그런 생각을 하면서 혁련상예의 가슴이 또 갈가리 찢어졌다.

정작 피눈물을 흘리면서 통곡을 해야 할 사람은 호리가 아니겠는가.

그런데도 가해자라고 할 수 있는 혁련상예가 오히려 몸부림을 치면서 오열을 했으니, 얼마나 가증스러운 행동인가.

혁련상예는 울지 않으려고 애쓰면서 조심스럽게 호리를 바라보았다.

호리는 벽 앞에 서 있었다. 벽에 기댄 줄 알았는데 그게 아니라 그저 벽 앞에 장승처럼 우두커니 서 있는 것이었다.

얼굴은 여전히 무표정했다.

그렇지만 혁련상예는 그 무표정을 한 겹 벗겨내면, 그곳에

이 세상의 모든 슬픔과 절망이 한데 칭칭 휘감긴 채 일렁이고 있음을 잘 알고 있다.

혁련상예는 조심조심 몸을 움직여 호리를 향해 침상 위에서 무릎을 꿇고 머리를 한껏 조아렸다.

"용서하세요."

이런 상황에 처한 대부분의 여자들은 아마도 상대에게 용서를 구하기보다는 '나를 어떻게 할 것이냐'고 먼저 물을 것이 분명했다.

하지만 혁련상예는 용서를 구했다. 마치 자신이 죄를 지은 것처럼.

"소녀가 어떻게 하면 당신의 용서를 받을 수 있을까요?"

그녀는 울먹였다. 만약 호리가 그녀더러 죽으라고 한다면 기꺼이 죽을 각오가 되어 있다.

그가 무엇을 요구하더라도 할 용의가 있다. 그렇게 해야만 하는 것이다.

"용서라고 했느냐?"

마치 풀잎끼리 비벼대는 소리 같은 호리의 목소리에 혁련상예는 고개를 들고 그를 바라보았다.

그의 반말은 오히려 혁련상예를 조금쯤은 편하게 해주었다. 만약 그가 여전히 존대를 한다면 그것이 오히려 불편해서 못 견딜 터이다.

"내가 너를 능욕하여 노리갯감으로 삼고 또 네 아비를 죽였다면 과연 혁련천풍이 날 용서할 수 있을까?"

"……."

혁련상예는 그런 상황을 머릿속으로 그려보다가 얼굴이 해쓱하게 변했다.

혁련천풍이라면 용서하지 않을 것이다. 아니, 절대로 용서하지 않는다고 단언할 수 있다.

천지가 뒤집힐 것이다. 원수를 찾아내서 천참만륙 죽이는 것은 물론이고, 원수의 삼족을 멸할 것이다.

혁련상예가 혁련천풍이라고 해도 용서란 있을 수 없는 일이다. 혁련천풍보다 더 하면 더 했지 못하지 않을 것이다.

그런데 조금 전에 혁련상예는 호리에게 용서해 달라고 빌었다.

이 얼마나 파렴치한 짓인가. 똑같은 일을 당했을 때 나는 용서하지 못할 것이면서, 어찌 가해자의 입장에서는 용서를 원하고 있는 것인가.

혁련상예는 이런 모순적인 자신이 싫었다. 자신에게도 이런 추악한 일면이 있었다는 사실을 알게 되자, 잘 드는 칼로 온몸을 켜켜이 베어내고 조각내 버리고 싶을 정도로 자신의 가증스러움에 치를 떨었다.

그 말 이후 호리는 아무 말도 없이 그 자세 그대로 묵묵히 혁련상예를 지켜보았다.

침묵이 무겁고도 무겁게 실내를 내리눌렀다.

"소녀를 보내주세요."

이윽고 혁련상예가 갈라진 목소리를 흘려냈다.

그녀는 입술을 잘근잘근 깨물면서, 두 눈에서는 독기를 뿜어내며 한 자 한 자 또박또박 말을 이었다.

"혁련무성의 수급과 누이동생을 당신에게 드리겠어요."

그녀는 결단코 그리리라 결심했다. 오라비가 아닌, 인면수심의 짐승을 베리라 맹세했다.

"나는 널 믿지 않는다."

그때 호리의 음성이 천만 년 동안 녹은 적이 없는 빙산 속에서 흘러나오는 한기처럼 혁련상예의 가슴을 관통했다.

"……"

혁련상예는 억울하다는 듯, 왜 나를 믿지 못하냐는 듯한 표정으로 호리를 바라보았다.

호리는 그저 무표정한 얼굴로 그녀를 응시할 뿐 더 이상 아무 말도 하지 않았다.

호리의 얼굴을 바라보는 동안 혁련상예의 얼굴빛이 차츰 흐려졌다.

그러더니 그녀는 스르르 고개를 떨구었다.

호리의 얼굴을 보는 순간 깨달음이 있었다. 지금 이 자리에서는 분노에 치를 떨면서 둘째 오라비를 당장이라도 죽일 수 있을 것처럼 말하지만, 그녀는 자신을, 자신의 여려 빠진 성품을 너무도 잘 알고 있다.

막상 둘째 오라비 앞에 서면 결코 그를 죽이지 못할 것이다. 아니, 그 앞에서 검조차 뽑지 못할 것이다.

그렇다면 그녀가 호리의 누이동생을 둘째 오라비로부터 구해낼 수는 있겠는가.

그 역시 장담할 수 없는 일이다. 혁련무성은 오기가 발동해서라도 그녀를 내주지 않을 것이다. 오히려 호리를 잡아서 죽이겠다고 날뛸 것이 분명하다.

더구나 지금 무황성에는 성주인 부친도, 큰오라비 혁련천풍도 없다. 두 사람의 생사조차도 알 수 없는 상황이다.

어쨌든 두 사람의 부재시에는 혁련무성이 성주의 대리인이다. 그에게 무황성의 전권이 있는 것이다.

그러니 무황성의 전 고수들을 동원해서라도 호리를 죽이려고 할 것이다.

혁련상예는 조금 전에 자신이 호리에게 얼마나 무책임한 말을 했는지 절절하게 실감했다.

그때 호리가 불쑥 입을 열었다.

"나는 너를 누이동생과 맞교환할 것이다."

"소녀를……."

혁련상예는 깜짝 놀랐다. 그러나 잠시 생각해 보니 그 방법이 가장 좋을 것 같았다.

아무리 막돼먹은 혁련무성이라고 해도, 누이동생인 혁련상예가 잘못되는 것은 원하지 않을 것이다.

"그럼… 누이동생을 되찾으면… 되는 것인가요?"

혁련상예가 조심스럽게 물었다. 복수를 말하는 것이다. 혁련무성이 호리의 아버지를 죽였는데 그것으로 끝낼 수 있느냐고 묻는 것이었다.

호리는 간단하게 대꾸했다.

"누이동생을 되찾은 후 혁련무성을 죽일 것이다."

"……."

그 말을 끝으로 호리는 방을 나갔다.

그리고 혁련상예는 아주 오랫동안 그 자리에서 꼼짝도 하지 않았다.

그렇지만 아무 생각도 할 수가 없었다.

*   *   *

싸움은 봉황궁의 일방적인 승리로 끝났다.

검황루의 전단검사들과 질풍검사들, 정예검사들은 단 한 명도 살아남지 못했다.

싸움의 관건은 뭐니 뭐니 해도 기세다. 일단 기세에서 밀리면 아무리 실력이나 수적으로 우세를 점하고 있더라도 패하기 십상이다.

갑작스런 추홍쌍신의 출현과 웅서묵강시 육백여 발을 한꺼번에 발사하며 사방에서 덮쳐 온 봉황삼절군의 이군 웅서황기군의 대거 공격에 검황루 고수들의 예봉은 여지없이 꺾이고 말았다.

단봉군주가 이끄는 아홉 명의 단봉천기수들이 정천기와 초혈기를 합공하여 옴짝달싹 못하게 묶어버린 가운데, 단봉천기수 구십 명과 응서황기군의 백봉황기수 삼백 명이 검황루 고수들을 공격했다.

아니, 그것은 일방적인 도륙이었다. 고수들의 수로나, 실력에서 현저하게 열세인 검황루 고수들은 전의를 상실한 채 방어하기에 바쁘다가 지리멸렬하고 말았다.

패색이 짙어지자 정천기가 악을 쓰듯이 도주하라고 외쳤고, 그때까지 살아남은 검황루 고수 오륙십여 명이 산지사방으로 튀어 달아났다.

하지만 봉황삼절군의 삼군 주작조양군 육백 명의 포위망을 뚫지 못하고 결국 전멸당했다.

단봉천기수 아홉 명의 합공에 전전긍긍하고 있던 정천기와 초혈기는 수하들이 죽어가는 광경을 보면서 피눈물을 흘려야만 했다.

하지만 어찌해 볼 도리가 없었다. 정천기와 초혈기 자신들도 단봉천기수 아홉 명의 합공에 이미 여러 군데 검상을 입은 채 헐떡거리고 있는 상황이었다.

더구나 그들 아홉 명의 단봉천기수들은 전력을 다하지도 않았으며, 단봉군주는 한쪽에 우뚝 서서 싸움을 지켜보고만 있을 뿐이었다.

 그렇게 정천기와 초혈기는 수하들이 전멸하는 것을 지켜보면서 기진맥진 지쳐 갔다.

 정천기와 초혈기는 한쪽 방향을 향해 나란히 무릎을 꿇고 있었다.

 정천기는 고개를 푹 숙이고 있었지만, 초혈기는 허리를 꼿꼿하게 편 채 턱을 치켜들고 있었다.

 정천기는 수치심 때문이고, 초혈기는 분노 때문이었다.

 두 사람의 앞 나무 그루터기에 호선이 오연히 앉아 있었다.

 여전히 싸구려인데다 찢어지기까지 한 봉황의를 입고, 구리돈 두 냥짜리 옥파를 머리에 한 모습이다.

 그런 그녀의 모습을 거리에서 흔하게 만날 수 있는 노류장화로 보는 것은 평범한 자들이나 저지르는 실수다.

 눈이 있고 또 제대로 된 오감(五感)을 지닌 사람이라면 보고 또 느낄 것이다.

 호선에게서 뿜어지는 기운을.

 그것은 패도(覇道)라고 말할 수도 없고 위엄이나 존귀함, 가꾸지 않은 천성의 아름다움이라고도 잘라 말할 수 없었다.

 그 모든 것들을 다 아우르는 기운. 그것이 호선에게서 뿜어지고 있었다.

 그녀는 허공을 비스듬히 바라보고 있었다. 하지만 그녀가 보고 있는 것은 허공이 아니었다.

그 허공 너머 어딘가에 있을 호리를 바라보고 있었다.

그녀가 바라보기만 하면 호리는 어디에서든 보인다. 허공을 보면 허공에, 숲을 보면 또 숲에 기다리고 있었다는 듯 호리의 모습이 나타난다.

조금 전에 그녀는 정천기와 초혈기에게 한 가지 질문을 던졌고, 그 대답을 기다리는 동안 무심코 허공으로 시선을 던졌는데, 그곳에 호리가 빙그레 미소를 짓고 있어서 잠시 상념에 젖어든 것이다.

그러나 언제까지나 상념에 빠져 있지는 않는다. 그녀는 능히 자신의 감정을 제어할 수 있다.

그녀는 호선이기 전에 봉황옥선후가 아닌가.

그녀는 허공에 시선을 고정시킨 채 한참 만에 아까의 말을 이었다.

"나는 검황루가 주동이 되어 나를 죽이려고 한 사실을 믿지 않는다."

"흥!"

초혈기가 들으라는 듯이 가볍게 코웃음을 쳤다.

그러자 호선 뒤에 서 있는 추공의 짙은 눈썹이 꿈틀 꺾였다.

하늘 아래에서 그 어떤 인간도 봉황옥선후의 말끝에 코웃음을 칠 수는 없었다.

더구나 추홍쌍신이 있는 자리에서는 더더욱 용납할 수 없는 일이다.

 추공이 초혈기의 목을 베려고 허리의 도파를 잡으려 할 때, 옆에 있던 홍엽이 슬며시 그의 소매 끝을 잡아당겼다.

 추공이 힐끗 쳐다보자 홍엽은 보일 듯 말 듯 턱으로 앞에 앉은 호선을 가리켰다.

 추공은 홍엽이 말하고 싶어하는 것을 즉시 알아차렸다.

 '궁주께서 참고 계신다!'

 초혈기의 차가운 냉소를 바로 앞에 있는 호선이 못 들었을 리 만무하다.

 예전 같았으면 바로 그 순간 초혈기의 머리통이 여지없이 박살났을 것이다. 그런데도 호선은 냉소를 듣지 못한 것처럼 무반응했다.

 궁주가 가만히 있는데 수하인 추공이 초혈기의 목을 베겠다고 발작할 수는 없었다.

 추공과 홍엽은 자신들의 궁주가 변했다고 생각했다. 그래서 실종됐던 백여 일 동안에 대체 무슨 일이 있었는지 궁금해지기 시작했다.

 호선은 조용한 어조로 말을 이었다.

 "내가 마랑군과 손을 잡고 천하를 도모하려 한다는 정보를 검황루에서 입수했다고 해서, 겨우 검황루 따위가 주동이 되어 무황성과 합세하여 나를 암살하려 했다는 사실을 나더러 믿으라는 것이냐?"

그녀는 한 가지 질문을 하기 위해서 말을 하는 와중에도 또 다른 의미를 깔았다.

같은 무림오황이라고 해도 검황루나 무황성은 봉황궁과 같은 반열일 수 없다는 자부심이 그것이다.

추공과 홍엽은 또다시 놀라고 있었다. 호선은 비단 인내심이 강해졌을 뿐만 아니라 말도 많아졌다.

원래 그녀는 말이 많은 사람을 극도로 싫어했었다. 그런데 지금은 그 자신이 구구절절 말이 많아진 것이다.

더구나 추공과 홍엽은 지금 호선이 무슨 말을 하는 것인지 잘 이해하지 못하고 있었다.

추공과 홍엽이 조사한 바로는 호선의 암살은 검황루가 주동이 되어 무황성과 선황파에 도움을 요청했었는데 선황파가 거절, 결국 검황루와 무황성에서 최정예 고수들을 선발하여 항주성에서 암습을 감행한 것이었다.

그런데 지금 호선의 말을 듣자면 또 다른 제삼의 세력이 있는 것 같지 않은가?

그러나 그런 것이 있을 리가 없었다. 당금 무림에서 무림오황보다 더 막강한 세력은 없기 때문이다.

"말해라. 너희들 배후의 조종자가 누구냐?"

호선은 여전히 허공에 시선을 준 채 조용히 물었다. 정천기와 초혈기를 철저히 무시하는 행동이었다.

그때 초혈기가 호선을 쏘아보면서 벼락같이 고함을 질렀다.

"어리고 못생긴 계집애야! 우리를 더 이상 농락하지 말고 어서 죽여라!"

추공과 홍엽의 안색이 홱 돌변했다.

두 사람이 기억하기로는 호선은 이보다 더한 욕설을 들어본 적이 없었다.

그들은 호선이 이번만은 참지 못할 것이라고 예상했다.

하지만 그들의 예상은 보기 좋게 빗나갔다. 호선은 비단 초혈기를 죽이지 않았을 뿐만 아니라 한 걸음 더 나가서 가벼운 웃음소리마저 흘려냈다.

"하하하! 너는 곧 조종자가 누군지 말하게 될 것이다!"

그 웃음소리에는 여유가 뚝뚝 묻어났다.

추공과 홍엽뿐만 아니라, 정천기와 초혈기까지도 그녀의 인내심과 예상치 못한 반응에 적이 놀라서 쳐다보았다.

『일척도건곤』 6권에 계속…

Book Publishing CHUNGEORAM

조돈형 新 무협 판타지 소설
FANTASTIC ORIENTAL HEROES

魔道十兵 마도십병

2007년을 뜨겁게 달굴 화제의 작품!
『마도십병(魔道十兵)』!!

천 년의 힘이 이어지다!

작가 조돈형이 혼신의 열정으로 빚어낸, 2부작『궁귀검신』!
그 뜨거운 불꽃은 꺼지지 않고 다시 활활 타오른다!
열혈 대한의 가슴을 더욱 뜨겁게 달굴
장대하고 호쾌한 투쟁의 시간이 다가온다!

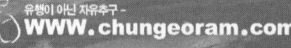

유행이 아닌 자유추구 -
WWW.chungeoram.com

Book Publishing CHUNGEORAM

BOOK Publishing CHUNGEORAM

fly me to the moon
플라이 미 투 더 문

새로운 느낌의 로맨스가 다가온다!

판타지의 대가 이수영 작가의 신작!
드디어 판매 카운트다운!

플라이 미 투 더 문 | 이수영 지음

**판타지의 대가, 이수영. 그녀가 선보이는 첫 번째 사랑이야기.
사랑, 질투, 음모, 욕망……
상상한 것 이상의 절애(切愛), 그 잔혹한 사랑이 시작된다.**

온전히, 그의 손에 떨어진 꽃. 잡았다.
짐승의 왕은 즐거웠다.

인간, 그리고 인간이 아닌 자.
절대로 이어질 수 없는 두 운명이 만났다!
사랑 혹은 숙명.
너일 수밖에 없는 愛.

1998년 〈귀환병 이야기〉
2000년 〈암흑 제국의 패러어드〉
2002년 〈쿠베린〉
2005년 〈사나운 새벽〉

**그리고 2007년,
『FLY ME TO THE MOON』**

유행이 아닌 자유추구 -
WWW.chungeoram.com
BOOK Publishing CHUNGEORAM

BOOK Publishing CHUNGEORAM

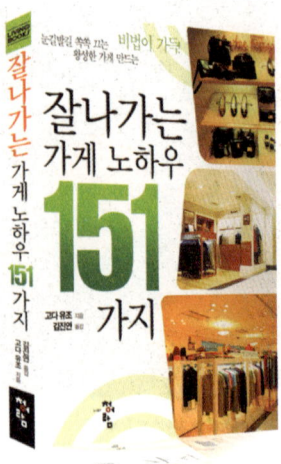

눈길발길 쏙쏙 끄는 **비법이 가득!**
왕성한 가게 만드는

잘나가는
가게 노하우
151 가지

고다 유조 지음
김진연 옮김
가격 9,800원

물건이 팔리지 않는 시대!
왕성한 가게 만드는 비법이 가득!

가게 안에 웅덩이를 만들어라
조명만 조금 바꿔도 매출이 팍 늘어난다
보기 쉽고, 집기 쉬운 가게 배치는 '경기장 형'이 최고 등등
가게에 실제로 적용했을 때 매출이 오른 노하우만 알차게 수록
외관, 입구, 배치, 내장, 조명, 디스플레이에서 사원교육까지

도움이 되는 '발견'이 가득가득.
당신 가게를 회생시키기 위한 소중한 책!

 유행이 아닌 자유추구 -
WWW.chungeoram.com

BOOK Publishing CHUNGEORAM

초등학생이 반드시 읽어야 할 좋은 책 49권

각 학년별로 초등학생이 반드시 읽어야할 좋은 책을 선정하여 통합논술의 기본이 되는 '올바른 독서법'을 일깨워 줍니다.

교과서와 함께하는
초등학교 통합논술

초등1학년 / 값 12,000원 / 초등2학년 / 값 9,500원 / 초등3학년 / 값 11,000원 / 초등4학년 / 값 9,500원 / 초등5학년 / 값 9,500원 / 초등6학년 / 값 11,000원

♣ 혼자 할 수 있어요.
엄마가 책 읽는 방법을 가르쳐 주어도 좋아요.
독서지도하는 선생님이 가르쳐 주어도 좋답니다.
"초등 교과서와 함께하는 **통합논술 시리즈**"는
아이 스스로 독서할 수 있도록 꾸며진 책이에요.
엄마와 선생님은 요령만 가르쳐 주시면 된답니다.

♣ 교과서의 중요한 내용이 총정리되어 있어요.
각 학년별로 중요한 교과 내용이 함께 수록되어 있어요.
초등학생은 교과서 내용을 충 살피게 공부해야합니다.
아울러 그와 병행한 독서가 대단히 중요하지요.
"초등 교과서와 함께하는 **통합논술 시리즈**"는
두 가지 방법 모두 알려준답니다.

♣ 이 책은 훌륭하신 선생님들이 함께 쓰신 책이랍니다.
동화작가 선생님들이 쓰셨어요. 소설가 선생님도 쓰셨답니다.
국어 논술독서지도 선생님들도 함께 쓰셨지요.
"초등 교과서와 함께하는 **통합논술 시리즈**"는
엄마의 마음으로 모든 선생님들이 함께 꾸민 책이랍니다.

입소문을 통해 아는 분은 다 알고 계십니다!
올 한해 공인중개사 최고의 화제작!

1~2권 합본 | 이용훈 지음
3~4권 합본 | 이용훈 지음
5~6권 합본 | 이용훈 지음
용어해설 | 이용훈 지음

수험생 기본'필독서
만화 공인중개사

제목 : 만화공인중개사 쓰신 분에게 감사드립니다.

학원을 두 달 다녔어요. 근데 과연 그 숫자 외우기 그런 게 몇 문제나 나올까 생각을 했어요.
아니라는 생각이 드네요. 학원강의를 뒤로하고 서점을 갔어요. 내 머리에 가장 이해될 수 있는
책이 없나 하구요. 거기서 만화를 발견했어요. 무조건 세 번 봤어요. 3개월 걸렸어요. 문제집을 보라고
했는데 그건 시행을 못했어요. 근데 합격을 했네요.
어떻게 감사의 말을 해야 될지……
도서관에서 만화책 들고 다니니까 사람들이 비웃더라구요. 만화책으로 공인중개사를 공부한다고
미친 사람처럼 보더라구요. 근데 그거 다 감수하고 했던 내가 자랑스럽습니다.
어떻게 감사의 말을 해야 할지… 정말 감사합니다.
부디 행복하세요. 제 나이 41살에 좋은 스승을 만난 것 같습니다.
엎드려 감사드립니다.

-본사 홈페이지에 독자분이 올린 메일 中에서 발췌-